KB207074

나의
특별한
형제

장한샘 지음

다림

장애가 곁에 있다는 것은

형은 아무 말 없이 바깥 허공을 응시하고 있었다. 나는 그런 형을 옆에서 조용히 지켜보았다. 형은 하나의 조각상처럼 한참 동안 부동자세로 앉아 있었다. 새하얀 햇살이 창문으로 들어와 형의 눈에 스며들 듯 쏟아졌다. 나는 손으로 눈을 가리며 고개를 돌렸다가 형을 다시 바라보았다.

"형, 눈 안 부셔?"

형은 아무런 대답도 미동도 없었다. 그저 알 수 없는 표정으로 나를 바라볼 뿐이었다. 무언가를 말하려는 듯 형의 눈빛이 흔들렸지만 이내 다시 멈췄다. 나는 형이 무슨 생각을 하고 있는지 이해할 수 없었다. 나 같으면 눈이 부셔서 진작 자리를 옮겼을 거라며 비죽 웃었다. 시간이 흘러 붉어지는 해가 반대로 떨어지고 있어도 형은 그 자리 그대로 앉아 있었다. 형 뒤의 검은 그림자만 더욱 짙어졌다.

그림자는 마치 형의 존재를 말없이 정의하는 것 같았다. 나에게 장애가 있는 형은 그런 모습으로 처음 다가왔다. 눈앞에 존재하지만 접촉되지는 않고 자신만의 색깔로 세상을 비추었다. 그 색은 아주 분명했다. 때로는 흐릿하게 보일 때도 있었지만 결코 무시 할 수 없는 색이었다. 형은 세상의 흐름을 따르지 않고 자신만의 기준으로 살았다. 흐름을 따라가려는 시도나 의지 같은 것도 없는 듯했다. 세상은 빠르게 지나가는데 형은 한 발짝도 나아가지 않았다. 그저 어딘가에 독특하게 자리 잡을 뿐이었다.

이렇게 하나부터 열까지 달라도 가족이라는 이름으로 함께 살아야 한다는 것, 형의 다름이 나와 연결되어 있다는 건 이런 거였다. 나는 그 사실이 쉽게 받아들여지지 않았다. 복잡하고 답답했다. 왜 이런 어려운 상황을 맞아야 할 수밖에 없는지, 그저 감내하고 이겨내야 하는 어쩔 수 없는 숙제 같은 것인지. 아무리 부정해도 변하지 않는 현실에 나는 자주 냉소를 지었다. 나도 이해하지 못하는 형의 다름을 과연 세상이 이해해 줄 수 있을까. 삶에 대한 의구심마저 들었다.

그랬던 내가 지금은 장애 학생을 가르치는 교사로 일하고 있다. 장애라는 단어가 내 삶에 덧붙은 것에 당당하지 못했던 내가, 무언의 꼬리표가 따라붙은 느낌이 불편했던 내가 말이다. 형과 함께했던 많은 순간이 나의 뾰족하고 딱딱한 모습을 수없이 깎아주었다. 다름을 온전히 받아들이려 노력하고, 그 속에서 기쁨과 즐거움을 찾으려는 마음을 배우게 되었다. 이제는 장애라는 단어가 나를 제한하지 않는다. 몇십 년의 시간이 흐르는 동안 나는 천천히 변하고 있던 것이다. 이제 나는 교사로서 해야 할 일을 찾고 있다.

문득 이 시간을 지면에 담아 나누고 싶다는 생각이

들었다. 그동안 내가 지나온 길, 그 길에서 느꼈던 무수한 혼란과 갈등을 누군가와 나누고 싶었다. 비록 스스로 하찮고 허름한 시절이라 여겼던 순간들일지라도 이제는 숨기지 않고 드러내고 싶다. 스스로 용서할 수 없었던 못난 생각과 부끄럽게 여겼던 행동들도 모두 나를 이루는 것이 되었다. 그 사실을 부정할 수 없기에 이제는 그 모습을 있는 그대로 보여주고 싶다. 스스로 알고 되새기는 동시에 세상을 잇는 중요한 연결고리가 될 수 있다는 믿음도 생겨났다.

장애 곁에 있었고 지금도 함께 하는 나의 이야기가 누군가에게 다름을 이해하는 작은 계기가 되었으면 한다. 나와 같은 혼란을 겪고 있을 누군가에게는 위로를 주고 싶고, 장애를 마주할 기회조차 없었던 이에게는 공감을 얻고 싶다. 막연했던 것을 구체적인 얼굴로 떠올리게 하고, 스스로 돌아보게 하는 계기가 되기를. 그리고 또 다른 누군가에게는 그동안 미처 알지 못했던 세상의 일부를 발견하는 순간이 되기를.

이 책이 그 변화의 작은 시작이 될 수 있기를 바란다.

장애에 대한 생각이 같은 방향으로 차곡차곡 쌓인다면 우리는 서로를 좀 더 편안하게 받아들이고 살아갈 수 있지 않을까.

장애가 곁에 있다는 것이 특별한 일이 아니라 그저 우리가 함께 살아가는 세상의 당연한 모습이 되기를 바라며.

나는, 아직도 장애와 가까워지는 중이다.

추천사

이 책은 사적인 고백이자 특수교육의 현실과 방향을 짚어 준 공적인 기록이다. 그의 내밀한 고백을 읽으면서 가슴 한편이 뭉클해졌다. 장애가 있는 형을 생각하는 마음에는 반성과 성찰이 동시에 담겨 있다.

'나는, 아직도 장애와 가까워지는 중이다'라는 프롤로그 마지막 문장은 우리 모두에게 들려주는 목소리이다. 저자는 장애인이 살아가는 우리 사회의 현실, 장애를 차별로 인식하는 태도, 장애의 벽을 넘지 못하는 한계는 우리 사회 전체가 풀어야 할 과제라고 전한다.

무엇보다 힘든 가정사를 꺼낸 저자의 용기가 고맙다. 특수교사라는 신분이 그 용기를 북돋운 것으로 보인다. 가족의 자리에서, 또 교단에서 바라본 두 개의 시선은 큰 울림을 준다.

저자는 '전국에 있는 많은 특수교사는 각자의 자리에서 끝없이 질문을 던지고 있다'라고 말한다. 그것은 교육자로서 가져야 할 사명과 역할에 대한 물음이기도 하고, 우리 사회 구성원들에게 보내는 질문이기도 하다.

이 책은 우리가 장애와 더욱 가까워져야 한다는 걸 알려준다. 감추고 싶은 것을 감추지 않은 저자에게 큰 배움을 얻는다.

세종특별자치시 교육감
최교진

이 책의 저자는 아들을 통해 알게 된 특수교사이다. 그의 어린 시절이 우리 가족과 비슷하여 마음을 찡하게 만들었다. 부모가 장애가 있는 자녀를 대하는 모습, 비장애 형제에게 거는 기대, 그리고 형제간의 관계… 특히 형제의 장애를 어린 저자에게 설명해야 했을 어머니에게 공감이 많이 되었다. 정말 난감한 마음이었을 것이다.

장애인 형의 요구를 마냥 들어주는 부모님께 반감이 있으면서도 할 수 있는 한 도와드리려고 했던 무수한 순간들이 선생님의 글을 읽는 내내 눈앞에 스쳐 지나갔다. 장애를 쉽게 받아들이지 못하던 어린아이가 특수교육을 전공하며 어엿한 교사가 되기까지 거쳤을 오랜 시간과 노력에 박수를 보낸다.

특히 누군가에게 작은 계기를 만들어주고자 한다는 소망을 응원하고 싶다. 장애가 곁에 있다는 것은 이상한 일이 아닌 '다른' 일일 뿐임을 알리고 싶은 마음, 그러면서도 아직 장애와 가까워지는 중이라는 고백이 귀하다. 이 글이 장애 가족에게는 위로가 되고 세상 사람들에게는 도전이 되기를 바란다. 우리의 인식이 성장함으로 국가가 장애 유형을 깊이 이해하고 다양한 지원책을 체계적으로 지원할 수 있게 되기를 바란다.

교육부 장학관, 현 북경한국국제학교 교장
고현석

목차

Chapter ●●●

닮아가는 시간

Chapter ●●●●

각자의 세계에서 만난 우리는

Chapter ●

형제라는 이름으로

* 이 책에 나오는 발달 장애 아동의 이름은 모두 가명입니다.

첫인상

오늘의 단어 | 두려움

장애의 첫인상은 쉽게 변하지 않았다.

누가 알려주지 않아도 느낄 수 있었던 형의 장애를

어떻게 받아들여야 할지 어렵기만 했다.

장애인과 비장애인 사이에 존재하는

알 수 없는 경계가 나를 불안하게 했고,

다름으로 벌어진 간격이 이내 불편해졌다.

나는, 장애를 좀 더 편안하게 느끼고 싶다.

태어나보니 가족이 장애인

오늘의 단어 | 혼란 ◎

어린 시절이 뚜렷하게 기억나지 않았다. 누군가 내 기억을 크게 한 입 베어먹은 느낌이었다. 나에게 무슨 일이라도 일어난 걸까, 텅 빈 기억의 자리를 두드려봐도 멍해지기만 할 뿐이었다. '이게 어떻게 된 일이지, 기억상실증이라도 걸린 건가, 내가 좀 멍청한가?' 그럴 리 없다며 기억을 더듬어 봤지만, 어떠한 감촉도 느껴지지 않았다. 나는 길을 잃은 아이처럼 어딘가를 서성이며 헤맸고 머릿속은 무언가로 가려져 흐릿하기만 했다. 희뿌연 안개 속에 있는 것처럼. 아무리 눈을 크게 뜨고 손바닥으로 안개를 헤집어도, 기억은 좀처럼 선명해지지 않았다. 빛을 찾아 나오고 싶을 뿐이었다.

그러던 어느 날 머릿속에서 빛이 불꽃처럼 터지는 기분이 들었다. 마침내 어릴 적 기억을 또렷이 볼 수 있었다. 그것은 그동안의 내가 바보처럼 느껴질 만큼 아주 핵심적인 것들이었다. 누군가 내 어린 시절이 어땠냐고 묻는다면, 하이라이트 장면만을 떠올려 명확히 대답할 수 있을 정도였다. 반복된 모습이 쌓여 나의 뇌리에 박혀있었다. 초중고 내내 수없이 걸어 다녔던 익숙한 동네 골목들. 새벽 4시에 출근하고 저녁 8시에야 돌아오던 아빠. 공부하라는 잔소리로 집안을 가득 채우던 엄마. 도무지 이해하기 어려웠던 바보 같은 형… 이것이 나만의 네 컷 장면이었다.

복도식 아파트에 살았던 나는 아빠의 출근과 동시에 새벽공기를 느낄 수 있었다. 겨울엔 찬바람이, 여름엔 찝찝한 습함이 열린 대문 사이로 거침없이 들이닥쳤다. 졸린 눈을 비비며 문을 박차고 나가는 아빠의 뒷모습을 나는 옆으로 누워 바라만 봤다. 피곤해 죽겠는지 비틀거리며 걸어가는 모습에 아빠가 불쌍하다는 생각이 들기도 했지만, 어차피 나도 곧 등교해야 했다. 그때는 그것이 마땅한 각자의 역할이겠거니 싶었다. 아빠는 가족의 기둥이자 가장, 나는 아들이자 학생. 나도 곧 비틀거리며 학교로 출근하니까. 퇴근한 아빠는 항상 신발도 벗기 전에 형과 나를 향해 반쯤 무릎을 꿇고선 젓갈 냄새와 함께 우리를 와락 안았다. 젓갈 냄새. 그 냄새는 단순 젓갈이 아닌 코를 찌르는 역한 생선 냄새와 매연, 쾌쾌한 땀 냄새가 섞인 것이었다. 공격적으로 코를 찔렀던 그 고약한 냄새는 내 머리에 비상벨을 울리게 했지만 이해하려 노력했다. 그 냄새는 우릴 먹여 살리기 위한 아빠의 고생이라고 생각하면서.

청개구리가 되고 싶을 정도로 나를 괴롭혔던 엄마의 잔소리. 미간이 찌푸려지고 화가 목청까지 올라오며 귀딱지가 들러붙게 계속되던 말들. 특히 공부 좀 열심히 하라는 그 말소리에 나는 청개구리가 되겠다며 입술을 내밀고 구시렁대는 습관을 일삼았지만, 어느 순간부터는 어떻게든 이해해 보려고 애쓰며 듣는 척이라도 했다. 엄마와 아빠처럼 고생하지 말고 좋은 대학 나와서 잘 먹고 잘살라는 나를 위한 소리였으니까. 나는 진심으로 공부하지는 않았지만, 노력하는 모습 정도는 보였다. 군소리 없이 학교를 빼먹지 않고 다녔고, 남들 따라 학원과 독서실도 진득하게 다녀봤다. 시험 성적으로 부모님의 기대치에 부응하지는 못했지만 말이다.

딱 하나 이해가 안 되는 것이 있었다. 그것은 바로 형이었다. 형은 형인데 형답지 않았다. 형이 바보처럼 보이는 데는 이유가 있었다. 그것은 바로 콜라였다. 형은 코카콜라를 참 좋아했다. 빨간 목도리를 맨 북극곰이 콜라를 마시는 광고를 보며 나는 상상에 빠졌다. 콜라를 마시고 있는 저 북극곰보다 우리 형이 콜라를 더 좋아할 거라고. 말 그대로 콜라 없이는 못 살 것 같은 형의 맹목적인 콜라 사랑은 그 시절 나에게 풀리지 않는 희대의 미스터리와 다름없었다. 태양을 중심으로 맴도는 행성들처럼, 형의 주변에는 항상 콜라들이 존재했다. 하루에 적게는 한 개, 많게는 두세 개를 사들여 벌컥벌컥 마신 후, 빈 페트병을 팽이처럼 바닥에 힘차게 돌리는 모습은 나에게 기이한 장면이 아닐 수 없었다. 저것이야말로 과학 시간에 배운 자전이 아니냐며, 혼자 킥킥거리며 비웃음을 던지기까지 했다. 콜라가 우스운 건지 형이 우스운 건지 둘 다 나에게 하찮아지는 것인지 생각했던 게 그때부터였는지도 모르겠다. 나에겐 그저 그깟 콜라였지만 형에게는 절대로, 절대로 무시할 수 없는 것이었다. 곧이어 나에게도 그깟 것이 아니게 되어버렸다.

형은 비참할 만큼 콜라에 처절히 매달렸다. 그에게 결코 일어나선 안 될 일이란 콜라를 못 먹는 것이었다. 삶이란 변수의 연속이지만 형은 그것을 절대로 이해하지 못했다. 부득이 콜라를 못 먹는 날이 찾아오면 하루라도 조용하게 지나간 적이 없었다. 콜라를 사달라며 세상이 무너질듯 울면서 엄마의 치맛자락이 찢어지도록 붙잡았던 처절한 형의 모습은 선명한 기억으로 자리 잡았다. 형에겐 그것이 하나의 절대적 루틴이었다. 콜라를 사고 마시는 그 루틴은 세상에 어떤 일이 일어나도 꼭 지켜야 할 규칙이었다. 만에 하나 루틴을 지키지 못한다면 모든 것이 폭발 직전의 압력솥처럼 터져 나올 것 같았다.

형은 집 앞에 있는 마트만 도착하면 늘 콜라에 미친 사람처럼 목표를 향해 돌진했다. 냉장고 문을 활짝 연 채 그것들을 뒤적였다. 냉기가 바닥으로 쏟아지든 전

기세가 술술 나가든 형은 알 바가 아니었다. 마치 보물 찾기를 하듯 미친 듯이 냉장고 속을 뒤적이는데, 내 눈엔 다 같은 콜라였지만 형에게는 그렇지 않았다. 콜라 하나하나 신중하게 눈을 갖다 대는 모습은 마치 최상급 물건을 골라내는 장인 같았다. 냉장고의 냉기가 형의 눈을 덮쳤음에도 뒤통수에는 땀이 송골송골 맺혔다. 형은 무언가에 쫓기듯 서두르며, 1분 1초라도 빨리 콜라를 찾아야 하는 듯 보였다. 가지런히 진열된 콜라는 결국 우당탕 바닥에 굴러떨어졌다. 형이 벌린 사고를 수습하는 일이 일상이 된 엄마와 나는 습관처럼 콜라들을 헐레벌떡 주우며 냉장고에 다시 진열했다. 그 일상이 만들어진 직후였을까. 형을 향한 내 감정의 온도가 뒤엉키기 시작했다.

등골에 차가운 기운이 느껴졌다. 서늘함이었다. 형이 마트에서 사고를 칠 때마다 한겨울 빙판에 미끄러져 넘어진 사람처럼 뒤를 돌아봤다. 그러다 누군가 마주치면 얼굴이 화끈거렸다. 속으로 제발 좀 쳐다보지 말라고 소리쳤다. 귀가 새빨개지고 달아 오른 채로 주위를 둘러봤다. 주위 사람들은 형을 이상한 시선으로 노려봤다. 나는 그런 기분을 마주하는 걸 원치 않았다. 그렇지만 원하는 대로 흘러가지 않는 게 인생이었다는 것을 곧 깨닫게 되었다. 누군가에겐 저게 뭐냐며 잠시 쳐다보고 말았을 장면이지만, 나는 아주 심각했다. 형이 마트 물건을 뒤엎을 때마다 가족이자 동생인 나는 만감이 교차했다. 그런 시간을 차곡차곡 쌓아갔다. 형이 우스꽝스럽다며 비웃던 나는 어디론가 사라졌고, 남들에게 피해준다며 정색하는 내가 찾아왔다. 차라리 그것만이 전부였더라면 나는 거기서 그쳤을 수도 있다. 하지만 형의 이상한 점은 한둘이 아니었다. 말보단 행동으로 하는 대화 방식, 뭔가 자연스럽지 않은 걸음걸이, 허공을 떠도는 눈동자. 모든 게 눈에 거슬리고 이상해 보이면서 더 머리 아프게 만들었다. 주위를 둘러봐도 형 같은 사람은 없었고 나에게 형이 저러는 이유를 설명해 주는 사람은 그 누구도 없었다.

나는 형처럼 바보가 아니라고 생각했다. 나는 분명 형과 비교되는 사람이었다. 형처럼 마트에서 사고를 치지도 않고, 부모님 말씀도 잘 듣고, 씩씩하게 말할 줄 알고, 운동도 잘하니까. 형은 스스로 이상하다고 생각하는 것 같지 않지만, 나는 형이 이상하다고 생각했다. 도대체 왜 저러는 걸까. 시간이 흐를수록 이것을 꼭 짚고 넘어가야겠다는 생각이 진해졌다. 어쩌면 엄마와 아빠가 형에 대한 무언가를 나에게 숨기고 있다는 것은 아닐까. 부모님이 나에게 무언가 숨긴다는 의심은 나를 불안하게 만들었다. 마치 열어선 안 될 판도라의 상자 같아서 나는 그 상자를 열고 싶은 마음을 참아내야만 했다. 하지만 결국 내 인내심은 바닥났고, 용기를 내어 엄마에게 금기된 질문을 했다. 형이 저러는 이유를 물어보고야 만 것이다.

"… 어, 그게 말이지…. 형이 조금 아프대."

나는 혼란스러웠다. 아프다고? 아프다는 표현은 내게 참 모호하게 느껴졌다. 치과에 갔을 때, 감기에 걸려서 병원에 갔을 때, 맹장염에 걸려서 응급실에 실려 가고 수술을 받았을 때. 이 모든 나의 경험과 상황을 모조리 모아 곱씹어보아도 고개를 갸우뚱할 수밖에 없었다. 그러면서도 바이킹을 타는 것처럼 심장이 아래로 훅 떨어지는 듯한 기분을 느꼈다. 얼굴은 순식간에 눈물 콧

물 범벅이 됐다. 형이 곧 하늘나라로 가는 건가 생각했다. 어안이 벙벙해진 엄마는 나를 진정시키느라 바빴고 곧이어 말을 이어갔다. 형이 '장애'가 있어서 그렇다며, 네가 생각하는 죽을병처럼 크게 아픈 게 아니다, 하며 나의 흥분을 가라앉혔다. 하지만 판도라의 상자는 이미 활짝 열린 뒤였다. 상자 속에 들어있는 것이 장애임을 확인하고 나니 장애란 낫지 않는 감기 같은 것이라는 생각이 들었다. 그것을 미처 알아보기도 전에 단정 지은 탓에 엄마가 왜 장애를 아프다고 표현했는지, 왜 정확하게 말할 수가 없었는지 그때의 나는 끝끝내 알 수가 없었다.

그렇지만 나는 더 이상 궁금해하지 않기로 했다. 두 번 다시 엄마와 아빠에게 형에 대해 일절 묻지 않겠노라고 다짐하고 또 다짐했다. 판도라의 상자 오픈은 한 번이면 족했다. 잘 알지도 못하는 정체로 인해 유리 같은 심장이 요동치는 것을 또 느껴야 한다는 게 죽기보다 싫었다. 그렇게 뼛속까지 불편해지던 장애와의 첫만남이 데일 것 같은 뜨거움으로 장식됐다. 어느새 머릿속에 그 뜨거움과 다시는 마주하지 않겠다는 의식이 자리 잡았다. 굳이 비유하자면 불편한 짝꿍이었다. 쉽게 친해지고 싶다는 마음이 들지 않았다. 형과 시시콜콜한 이야기를 나누고 장난을 치고 싶어도 소통이 어렵고, 하고 싶은 일이 있어도 형이 하기 싫어하거나 할 수 없는 일이 대부분이었다. 시시해 보이는 삶 속에서 아쉬운 건 항상 나뿐이었다. 형이 곁눈질로 나를 바라보며 "우리는 달라"라고 말하는 듯한 씁쓸한 상황이 나를 더욱 불편하게 만들었다.

그런 내게 눈길이 가는 사람이 있었다. 바로 중원이었다. 중원이는 2005년 개봉된 영화 〈말아톤〉 속 인물이다. 이 영화는 자폐스펙트럼장애 당사자 배형진 씨(극 중 초원)와 그의 어머니(극 중 경숙) 이야기를 담고 있다. 대부분 관객은 주인공으로 나오는 초원이와 경숙에게 주목했지만, 나는 나를 투영하는 듯한 중원이에게 더 시선이 갔다. 중원이는 초원이의 남동생이었다. 그래서 비슷해 보였다. 나와 중원이가, 그리고 초원이와 나의 형이. 영화에서 깊이 다루진 않았지만, 초원이의 어려움과 경숙의 아픔 뒤에는 중원이만의 이야기가 있었으리라 확신했다. 말아톤 속 중원이처럼, 내 감정과는 별개로 장애는 나의 운명이었다. 손바닥으로 하늘을 가릴 수는 없었다. 서먹서먹하고 어색한 짝꿍이지만 생을 마감할 때까지 함께 가야 하는, 가족이라는 혈연으로 묶인 우리는 누가 뭐라 해도 형제였다. 그렇게 나는 장애가 무엇인지 정확히 알지도 못한 채 형과 살았다. 형의 장애가 무엇이고, 형의 행동과 사고에 대해 이해하기를 반쯤 포기하고 최대한 외면한 채 눈앞에 닥친 시간을 살아갈 뿐이었다.

하지만 지금의 나는 어느새 장애와 익숙해져 있다. 더 이상 장애는 나에게 이상하지도, 특별하지도 않은 것으로 바뀌었다. 특수교육학과로 대학을 진학하여 학부 수업을 받고, 다양한 장애 시설 봉사활동을 통해 나는 꽤 많이 변했다. 장애가 익숙해질수록 한 가지 확실해진 게 있었다. 장애는 곧 어려움이었다. 겪어보지 않으면 이해하기 힘든 어려움, 일상 속 작은 동작조차 버겁게 만드는 어려움, 자신을 스스로 의심하게 만드는 어려움, 남들의 시선에서 외로움을 느끼는 어려움. 너무 늦은 감이 있지만, 그제야 나는 엄마의 입장을 조금이나마 헤아리게 됐다. 엄마가 왜 그때 장애를 '아프다'

라는 말로 표현했는지, 안개가 걷히고 퍼즐이 맞춰지듯 이해할 수 있게 됐다. 그럼에도 나는 장애를 '아프다'라고 표현하는 것이 정당한지 잘 모르겠다. 듣는 사람에게 혼란스러운 불일치를 선사할 뿐만 아니라 그 안에 숨겨진 가능성을 간과하는 것은 아닌가 하는 의문이 들기 때문이다. 장애가 주는 어려움은 분명 존재하지만, 그것이 아프기 때문은 아니다.

태어나보니 가족 중 한 명, 나의 형이 장애인이었다. 나는 장애가 낯설었다. 장애를 '아프다'는 말로 정의하는 사회의 시선은 형의 존재를 감추고 싶은 마음을 더 부추겼다. 나는 점점 더 숨기고, 회피하고, 끝내 부정하려 했다. 그렇게 형의 장애를 애써 외면하던 나였지만 비장애인인 내가 오해와 편견에 갇히기 전에 장애에 대해 차분히 알아가는 시간이 필요하다는 생각이 들었다.

차이를 메꾸는 시간

오늘의 단어 | 불안

"한샘아. 형이 저러니(장애가 있으니) 네가 잘해야 한다."

어렸을 적 자주 들었던 말이다. 나는 장애가 있지 않지만, 장애와 가까이 존재했다. 그것은 어떤 경계선에 있는듯한 느낌이었다. 장애라는 나라와 비장애라는 나라를 화합하고 중재하는 외교관이랄까. 그렇게 나는 적합한 절차나 과정이 생략된 채, 누군가로부터 어떠한 역할을 부여받으며 무언가에 임명되고 말았다. 형과 놀아줘야지. 형을 도와줘야지. 형을 챙겨줘야지. 모두가 약속이라도 한 듯 주위 어른들은 알 수 없는 눈빛과 말들로 나를 임명했다. 그 임명장은 눈에 보이는 어떤 물건도, 종이로 된 증서도 아니었지만, 내 마음엔 분명히 존재하고 있었다. 마치 무언의 계약처럼, 나는 어떤 보이지 않는 경계에서 중요한 구실을 해야 하는 사명감을 부여받은 것 같았다. 그 경계는 어디서부터 시작되고 어디에서 끝나는지 알 수 없었다. 나는 그저 어른들의 말을 따라야만 할 것 같았다.

형 옆에 서면 나는 항상 빛이 났다. 어둠 속의 야광처럼 말이다. 어른들은 그림자처럼 어두워 보이는 형을 흘깃 보고선 곧장 나에게 시선을 집중하고 말을 건넸다. 그리고 그 말들은 결코 달콤하지 않았다. 그들의 눈빛과 말은 얼핏 잔잔한 호수 같았지만, 물밑의 깊이를 어림할 수 없었다. 그것이 친절한 관심인지, 가벼운 호기심인지, 날카로운 의문인지는 구체적으로 알려주지 않으면 절대 알 수 없었다. 아마도 사람들은 내가 형에게 잘했으면 하는 눈치였고, 부모님이 힘들지 않도록 거들 수 있는 유일한 가족으로 자라나길 바랐던 모양이다. 하지만 형을 위해서, 부모를 위해서, 가족을 위해서 해주는 감사한 조언은 이상하게도 처음부터 끝까지 달콤하기보다는 씁쓸하게 느껴졌다.

어쩌면 예정된 순서라고 생각했다. 이 정도로 고리타분하게 반복해서 들려올 조언이면 마땅히 들어야 한다고 판단했다. 절대 거역해서는 안 될 것 같은 왕의 지시, 또는 내게만 주어진 특별한 미션 같은 것이었다. 그렇게 반복된 조언은 내 마음속 책임감이라는 씨앗을 심어주었다. 그 시절 책임감은 내게 정말 신기한 것이었다. 마치 몸에 맞지 않는 큰 치수의 자켓을 입고, 가시처럼 가는 팔뚝에 거대한 완장을 찬 것 처럼 내것이 아닌 옷을 입고 있는 듯한 느낌이었다. 헐렁한 자켓과 완장은 역설적이게도 나의 몸을 비틀어 쥐어짜듯 꽉 압박했다. 사정없이 말이다.

문득 이 책임감이 불편하게 느껴졌다. 형을 돌볼 사람이 부모님 말고는 딱히 없으니 으레 내가 해야 하는 건 맞는 것 같은데, 그대로 받들자니 어깨에 무언가 얹어진 것처럼 무거웠다. 형의 그림자 속에서 나는 억지로 빛나는 것 같았고, 과연 그 빛이 정녕 내가 원하는 것인지, 나의 것인지, 아니면 형을 비추기 위해 강제로 달아놓은 플래시 같은 것인지 의문이 들었다. 그렇지만 나는 이 헐렁한 자켓과 완장을 시원하게 벗어젖힐 용기가 없었다. 벗어나는 건 어쩌면 쉬울지 모르지만, 짊어진 사명을 포기하는 것만큼은 견딜 수 없었다.

나는 조금씩, 아주 조금씩 내게 주어진 역할을 인정하려고 했다. 형과 세상 사이에 벌어진 차이를 어떻게든 채워주고 싶었다. 그 차이가 좁혀지면 형도 나도, 그리고 우리 가족도 조금은 덜 아플 수 있을 것 같았기 때문이다. 나는 형이 살면서 겪는 어려움과 세상이 형을 바라보는 어색한 시선들 사이에 다리를 놓고 싶었다. 만약 내가 그 다리가 될 수 있다면, 형은 사람들 사이에서 눈치를 덜 볼 것 같았고, 나는 더 좋은 세상을 만드는 것으로 보람과 성취감을 느낄 수 있을 것만 같았다. 그런 나의 다짐은 빠른 행동을 촉구했다. 나는 실행에는 자신 있는 사람이었고 어느새 변화하고 있었다. 어른들의 말대로 형과 놀아주고, 도와주고, 챙겨주는 동생이 되어가고 있었다.

이질감만 가득했던 책임감은 어느새 없으면 허전한 것이 되고 말았다. 나보다 나이가 많은 형을 이끌면서 대장이 된 듯한 묘한 뿌듯함을 느끼는 내가 신기했다. 무겁고 부담되던 것과 내 몸과 정신이 동화한 걸 보고 어쩌면 나는 동생보다 형 체질에 가깝다는 생각까지 들었다. 위태로운 장애와 비장애의 경계선에서 이탈하지 않고 버틴 힘은 어쩌면 이런 데에서 나온 게 아닌가 생각했다. 책임감이 장애를 부정했던 음지 속의 나를 세상 밖으로 꺼내 주었다는 생각이 들자 고맙게 느껴졌다. 책임감 덕분에 한 지붕 아래 형과 나 사이에 미세한 유대감이 새어 나오기 시작했다.

그러나 책임감을 감사하게 느끼는 것도 잠시, 장애가 그리 좋지도 싫지도 않는 시점이 찾아왔다. 성인을 앞두고 진로를 결정해야 하는 시기에 나는 장애를 운명처럼 받아들였다. 나만이 할 수 있고, 나밖에 할 수 없고, 내가 해야 한다는 목적의식이 뚜렷해지니 나의 정체성과 색도 확실해졌다. 장애때문에 세상이 말하는 평범함에서 멀어진다는 것은 반대로 특별함과 가까워지는 것이라고 여기게 됐다. 장애로 인해 생기는 수많은 어려움을 풀어주고 비장애의 삶과 연결하는 다리 역할을 하자고 생각했다. 그런 직업이 무엇이 있을지 고민하면서 자연스럽게 특수교육학과를 알게 되었고, 한술 더 떠 엄마는 이 길은 네가 가야 할 길이라며 격려했다.

그렇게 물 흐르듯 나의 진로는 특수교사로 결정되었다.

본격적인 외교는 그때부터 시작됐다. 하루는 다니던 학원에서 희망 대학과 전공을 조사했다. 자존감이 낮고 내성적이었던 나는 특수교육학과라는 낯선 전공이 조금 부끄러웠지만 선생님 앞에선 솔직해지자며 담대하게 내 꿈을 적어 제출했다. 그리고 그 꿈은 현수막에 적혀 학원을 장식했다. 길고 커다란 직사각형의 현수막엔 대한민국 명실상부 꿈의 대학들과 듣기만 해도 휘황찬란한 전공들이 인쇄되어 있었다. 그 가운데 내가 적은 꿈은 이상하게 작아 보이고 초라해 보였다. 뒤숭숭한 감정이 밀려왔다. 거짓을 적더라도 남들이 알아주는 간판을 중시했어야 했나, 아니면 듣기만 해도 끄덕여지는 실용적인 전공을 적었어야 했나. 특수교육학과는 한때나마 나에게 희망과 꿈을 심어 준 목표였고 지긋지긋한 수험생활을 버텨내게 해주는 동아줄 같은 동기였는데도 한 순간에 보잘 것 없이 느껴졌다. 이런 내 마음을 훤히 지켜보듯 친구란 녀석이 옆구리를 찌르는 말을 건넸다.

"야 특수교육과가 뭐야? 저 대학 갈 바에 다른 대학 가지."

친구의 비웃는 듯한 말투와 날 선 질문에 나는 속이 상해 발악하며 소리쳤다.

"잘 알지도 못하면서 함부로 말하지 마. 특수교육과는 장애 학생을 가르치는 선생님이 될 수 있는 전공이야. 일반교사처럼 똑같이 임용고시 치러서 교사가 되는 거고. 저 대학이 특수교육과 명문 학교 중 하나거든? 너희들이 쓴 대학이랑 비슷해! 1~2등급은 돼야 쓸 수 있어."

확신에 가득 찬 말소리에도 돌아오는 건 도무지 이해 못 하겠다는 친구들의 갸우뚱한 표정이었다. 장애 학생? 특수교사? 그것이 뭐냐는 듯한 물음표, 가치를 인정하지 않는 듯한 무응답. 나의 진지한 꿈이 부정되고 비웃음거리가 된 것 같아 얼굴이 붉어졌다. 외교에 실패한 느낌이었다. 장애와 세상 사이에 있는 거리를 좁히지 못한 것 같아 아쉬움이 남았다. 평생을 장애와 멀리 떨어져 산 사람에게 장애란 그저 낯선 단어, 먼 세상 이야기처럼 느껴지는 듯 했다. 아니 어쩌면 그들에게 장애란 이해의 대상조차도 아닌 단순한 호기심이나 무관심 속에 스쳐 지나가는 가벼움 정도로 인식되는 것일 수도 있었다. 그런 그들이 겪지 않았을 경험을 이야기하며 감정을 이해시키는 일은 하늘의 별 따기만큼 어려운 일 같았다. 그럼에도 나는 세상 모든 사람이 장애를 온전히 이해해 주길 바랐다. 그래서 멈출 수가 없었다. 넘어지고 넘어져도 다시 일어나겠다고 다짐했다.

어느 날 형이 자전거를 타다가 그만 한 중년의 남자와 부딪힌 일이 있었다. 자전거가 쓰러지면서 형의 양쪽 무릎이 까지고 바지에 구멍이 났다. 그런데도 형은 멀뚱멀뚱 눈을 뜬 채 아저씨의 욕을 듣고 있었다. 남자는 장애인이 자전거를 왜 타냐면서 오늘 참 재수가 없다고 작게 읊조렸고, 짜증을 내며 옷에 묻은 먼지를 툭툭 털며 침을 뱉는 모습에 나는 그만 눈이 뒤집혀 소리치고 말았다. 무슨 소린지 기억도 안 날 정도로 내질렀다. 대충 아저씨가 잘못해서 사고가 났다, 넘어졌는데 괜찮냐는 말을 먼저 해야 하는 거 아니냐? 이런 말소리였고, 뒤늦게 정신을 차려보니 주위의 스포트라이트를 받고 있음을 느끼며 아차 싶었다.

'아, 이게 아닌데. 내가 바라는 외교는 이런 느낌이 아닌데' 하며 후회했지만 이미 물은 엎질러진 뒤였다. 순식간에 얼어붙은 분위기에 주변 사람들은 무슨 일이냐며 수군거리고 쳐다보는 상황이 됐다. 엄숙한 분위기로 민망해진 아저씨가 구시렁거리며 자리를 뜨자 허무하게 사건이 종결됐다. 집으로 돌아오는 길에 무슨 일이 있었냐는 듯 무미건조한 형의 표정은 나의 가슴을 더 쓰라리게 만들었다. 불의한 상황에서 화도 내지 못하는 형이 불쌍했다. 그리고 덩달아 나도 장애와 비장애의 차이를 메꾸지 못한 것 같아 풀이 죽었다.

시간이 흘러 외교에 대한 강렬한 감정이 옅어질 즈음, 문득 엄마와 아빠가 떠올랐다. 엄마는 호탕한 사람이었다. 가족 분위기를 밝게 이끌기 위해 없던 웃음을 쥐어짤지언정 결코 씩씩함을 잃지 않았고, 우리 가족에게 활기를 불어넣는 바람 같은 존재였다. 반면 아빠는 정반대의 사람이었다. 날개 꺾인 새처럼 무기력해 보였고, 얼굴에는 힘이 없었고, 무슨 낙으로 사는지 궁금할 만큼 삶의 패턴이 단조로웠다. 그저 하루하루 집과 회사를 오가는 게 전부였다. 가업을 이어가며 작은아버지와 큰아버지들 사이에서도 큰 의견 없이 묵묵히 자리를 지키는 조용한 사람이었다.

그제야 나는 부모님의 삶을 다시 바라보게 됐다. 형을 키우며 부모님은 나보다 얼마나 더 많은 모진 말을 들으며 그 시간을 견뎠을까. 경계선에 서 있는 건 나 혼자만이 아니었다. 그 사실을 깨닫는 순간, 가슴이 먹먹해졌다. 외교라는 이름 아래 역할을 거듭할 때마다 나는 엄마와 아빠의 말과 행동에 의미를 부여했다. 엄마가 사람들 앞에서 큰 목소리로 지나치게 깔깔 웃던 이유는 아마도 식구들이 위축될까봐 주변사람들에게 애써 밝고 강한 모습을 보여주려 노력한 것은 아니었을까. 아빠가 싫은 소리 하나 없이 작은아버지와 큰아버지에게 항상 양보하는 습관이 생긴 이유도 어쩌면 장애가 있는 자식을 낳은 것에 대한 알 수 없는 죄책감 때문이 아닐까. 지나간 가족의 흔적을 되새겨보니 나의 단단했던 마음이 꺾여버렸다. 한때는 외교관의 역할이 멋지고 찬란해 보였지만 시간이 흐를수록 현실은 그렇지 않다는 걸 느꼈다. 서로 간의 관계를 발전시키고 그들의 입장을 보호하는 일에는 고난이 따른다는 걸 알게 되었다.

장애를 마주한 처음 그 순간부터 내가 세상에서 가장 불쌍한 사람이라고 생각했다. 형이 남들과 달랐기 때문에 산책하고, 자전거를 타고, 학교에 다니고, 외식하는 그런 사소한 일상들을 우리는 누릴 수 없었다. 이런 별것 아닌 것처럼 보이는 부분에서 다른 사람들과 우리의 차이가 느껴질 때마다 나는 외로웠다. 그 차이가 앞으로도 영원히 좁혀지지 않을 것만 같았다. 용납할 수 없었다. 마치 모든 게 형 때문에, 장애 때문이라는 생각에 신을 탓하기도 했다. 그렇지만 현실은 변하지 않았다. 형은 여전했고 장애도 그대로였다.

장애가 있는 형을 언제부터 받아들이게 된 건지는 나도 의문스럽다. 솔직히 말하자면 그냥 장애에 무뎌졌다는 게 좀 더 맞는 표현이겠다. 마치 대형 교통사고처럼, 희귀병이나 시한부 인생처럼 나에게 절대 일어나지 않을 것만 같은 일이 불쑥 찾아온 것 같았는데, 이런 마음도 지나가는 것을 느끼며 또 한 번 신기했다. 언제부턴가 변한 나는 지난 시간이 헛되지 않았음을 느꼈다. 형으로 인해 생기는 각종 해프닝은 더 이상 특별한 사건이 아니게 되었고, 그 또한 일상이 되었다. 형의 말과 행동 하나하나에 신경이 곤두섰지만, 이제는 그러려니 하는 자세가 생겨났다.

그즈음부터 마음이 조금 편해지고 세상이 좀 살만해졌다. 장애와 비장애 경계에 서 있다고 생각하고 그 경계선에서 발생하는 온갖 차이를 메꾸기 위해 치열하게 노력했다고 생각한 나는, 조금씩 조금씩 색깔이 옅어지며 희미해지고 있었다. 형이 장애인이라는 사실에서 발생하는 차이는 더이상 나를 옭아매지 않았다. 차이를 극복할 수 있는 세상을 만들려고 애쓰기보다는 있는 모습 그대로 받아들이는 내가 먼저 되기로 했다. 그런 사람이 하나둘씩 모이면, 넘어서야 할 장애의 장벽도 언젠가는 모래성처럼 서서히 무너져 사라질 거라고 믿었다.

흔들림 속에서

오늘의 단어 | 고립 孤立

책임감을 처음 느꼈을 때 기분은 그리 유쾌하지 못했다. 나는 나 하나만 생각하기도 버거운 그릇이었다. 감정을 대기 번호로 매기자면 책임감은 아주 먼 순번이었다. 그 순번이 내게 올 때까지는 아직 한참 남은 줄 알았고, 적어도 성인이 된 다음에나 마주하게 될 거라고 생각했다. 그래서인지 생각보다 일찍 그것이 찾아왔을 때는 그저 당황스럽기만 했다. 예고 없이 찾아온 시험과도 다르지 않았다. 설렘보다는 부담이 앞섰고, 환영하기보다는 어디론가 도망치고 싶었다. 책임감을 가지는 건 나에게 결코 쉬운 과정이 아니었다.

나는 막다른 길에 놓일 때마다 아주 어린 시절로 거슬러 올라갔다. 그 시절 나는 푸른 들판의 맹수처럼 마냥 뛰어다니며 해가 언제 지는 줄도 모르고 살았다. 놀고먹고 웃는 일이 전부였던 시절, 내 삶에 대해 깊이 생각하지 않았고 어찌 보면 그럴 필요도 없었던 나이였다. 명절이 찾아오면 올해는 세뱃돈을 얼마나 받을지 기대되었는데, 해가 거듭될수록 그 생각이 비틀어지기 시작했다.

설날에 똑같은 자세로 세배해도 나에게 주는 세뱃돈은 언제나 사촌보다 더 많았다. 모두가 "형을 잘 챙겨야 한다"라는 말을 덧붙였다. 그런 일들이 반복되자 나는 눈치채고 말았다. 어른들은 나를 다른 사촌들과 다르게 대하고 있었다. 그때부터 알 수 없는 무게가 느껴졌다. 처음에는 몰랐다. '형이 돈을 제대로 쓸 줄 모르니까 대신해서 나에게 준 거겠지.' 하고 대수롭게 생각하지 않았다. 묵직해지는 돈의 무게에 기분이 좋아 올해는 얼마를 받았다며 신이 났다. 하지만 점점 그 말의 의미가 귀에 박히고 마음에 새겨졌다. 하지만 책임감이라는 단어가 두둑히 받은 세뱃돈 만큼이나 무겁게 느껴지는 순간 나의 현실을 알아차려 버렸다.

부정하고 싶었다. 책임감은 볼 수도, 말을 걸 수도 없었고, 왜 벌써 나에게 왔냐고 따져 물을 수도 없어 더 답답했다. 동생인 내가 형을 챙겨야 하는 그림도 뭔가 이치를 거슬러 올라가는 느낌이었다. 괜히 심술이 났다. 차라리 내가 형이고 형이 동생이었으면 마음이 덜 불편했을까. 만약 그랬었다면 책임감이라는 감정을 납득하기 쉬웠을까. 불쑥 찾아온 책임감은 기어코 내게 주어진 환경까지 탓하도록 만들고 말았다.

그렇게 질풍노도의 시기가 찾아왔다. 그동안 느끼지 못했던 감정들이 스멀스멀 올라왔다. 친구들이 형제자매 얘기를 할 때마다 질투가 나기 시작했다. 장애가 있는 형제자매로 내가 공감할 수 있는 얘깃거리는 없었기에 그들 사이에 내가 끼어들 틈은 보이지 않았다. 나는 꿀 먹은 벙어리가 되었고, 형제가 있음에도 모든 일을 혼자서 해결해야 하는 일상이 외롭게 느껴졌다. 특별히 무엇을 바랐던 것이 아니었다. 그저 남들처럼 평범한 대화를 하고 싶었다. 나를 더욱 비참하게 만들었던 건,

소소함을 간절히 바라는 내 모습을 나조차도 초라하게 여겼던 것이었다.

그런 내 모습이 너무 싫어 책임감에 벗어나고 싶었다. 잊을만하면 들리는 형과 놀아줘라, 형에게 가르쳐 줘라. 그런 말들은 반사적으로 곧장 내 얼굴을 굳게 만들었다. 사양하고 싶었다. 설명해 주지 않아도 형에게 도움이 필요하다는 것 정도는 어린 나도 알고 있었다. 이미 형은 내게 돌봄이 필요한 존재로 각인되어 있었다. 형을 돌보는 역할을 맡게 된 나는 집 안의 군기 반장이 되어 형에게는 물론 형의 요구라면 다 들어주는 엄마와 아빠에게도 그러면 안 된다며 호통치는 날들이 늘어갔다.

어른들이 원하는 대로 맞춰 살다 보니 남들이 보기에 바르고 착한 사람이 되어야겠다는 생각이 들었다. 주변에서 나를 칭찬할수록 더더욱 그런 삶이 정답이라고 여기게 되었다. 주변에서의 칭찬들이 나를 더욱 부추겼다. 형을 챙기는 모습이 다른 사람들에게는 헌신적으로 보이는 것 같았다. 하지만 그럼에도 사람들이 나를 둘러싸고 착하다고 말하면 그 말이 뾰족한 가시처럼 느껴져 견디기 힘들기도 했다. 나는 괜히 위선자가 되는 듯하여 심기가 불편했다. 책임에 대한 반발은 사춘기라는 이름으로 폭발하여 가출을 감행하게 했다. 나를 찾아낸 아빠와의 조용한 귀갓길은 지금도 잊을 수 없는 기억으로 남아 있다.

그쯤이었을까? 죄책감이 나에게 찾아왔다. 책임감에서 멀어지려고 하니 바통 터치하듯 죄책감이 다가왔다. 그것을 처음 느낀 순간, 책임감과 아주 가까운 결의 감정이라는 것을 알 수 있었다. 그 순간 나는 이 만남이 필연이라는 생각이 들었다. 죄책감은 나에게 책임감을 붙들 수 있도록 도와주는 것 같았다. 그렇지만 그때는 이 정도의 감정은 별게 아니라고 생각했다. 물리적으로 가족에게서 떨어지면 많은 것이 해결되지 않을까? 나는 어디로든 떠나고 싶었다. 독립하겠다며 패기 넘치게 하루 대부분을 공부로 채워 교사 임용을 이뤄냈을 때, 나는 내 삶의 거대한 조각을 내려놓고 싶다는 꿈이 현실로 조금 앞당겨진 줄 알았다.

거의 다 왔다고 생각했을 때 반전 드라마의 주인공처럼 죄책감이 다시 등장했다. 이전과는 다른 묵직하고 깊은 죄책감이 말이다. 죄책감은 나에게 그렇게 살면 안된다는 메시지를 끊임없이 던졌다. 내 가슴을 쿡쿡 찌르는 느낌이 비참했다. 내가 좋은 옷을 사 입든, 고급 레스토랑을 가든, 해외여행을 가든, 재밌게 운동하든, 내가 행복감을 느끼고 있을 때마다 집에 혼자 있을 형을 떠올리도록 만들었다. 노부모를 요양병원에 입원시킨 것처럼 머릿속이 죄책감으로 가득해지고 혼란스러웠다. 내 삶을 살고 싶은 마음이 그렇게 잘못된 걸까? 남들이 보기에만 괜찮을 정도로 살면 되지 않느냐고 반박할수록 고민이 깊어졌다. 내 시간과 내 돈으로 내 삶을 살겠다는데, 마음에 외칠수록 내가 이기적인 것일 수도 있다는 죄책감의 파도가 밀려왔다. 하지만 이제는 형보다 내 삶이 중요했다.

부모님은 내가 괴로워하는 걸 눈치챘는지 언제부턴가 종종 나에게 "형은 걱정하지 마라. 우리가 다 준비했으니, 너한테 손 벌릴 일은 없다. 죽을 때까지 책임질 거다. 신경 쓰지 마라."라는 말을 했다. 인정하기 싫었지만, 그 말을 듣고 싶었는지도 모르겠다는 생각이 들었다. 언젠가 형을 책임져야 할 수도 있다는 생각에 불안했던 나의 마음을 순식간에 잠재웠기 때문이다. 또 한편으로는 형을 짐으로 느꼈던 걸 스스로 인정한 꼴인 것 같아 나 자신이 비겁하게 느껴졌다.

동고동락했던 책임감과 죄책감에게 고마움과 미안함을 표현하고 싶다. 그저 비참한 운명이라며 한탄했던 시절을, 끊임없이 스스로 괴롭히고 몰아붙였던 지난날을 돌아본다. 이제는 그것들이 나를 다듬어준 소중한 과정이었다는 것을 깨달았다. 덕분에 나는 어떤 일을 맡게 되든 시작하고 끝맺음을 단단히 할 수 있는 사람, 형이 아닌 다른 사람들도 공감하고 포용하는 사람, 가족의 소중함과 소소한 기쁨이 무엇인지 아는 사람이 되었다. 그 과정이 나에게는 참으로 행운이었다고 고백한다.

주머니 속 비밀

오늘의 단어 | 수치 //

어렸을 적 나는 집에 친구를 초대한 적이 거의 없었다. 이유는 단순했다. 장애가 있는 형이 창피했기 때문이다. 장애는 이상하고 부족한 것. 형도 나에게 늘 그런 존재였다. 멍하니 얼이 빠져 있는듯한 표정은 나사가 풀린 로봇처럼 보였다. 낮이고 밤이고 콜라에 집착하는 모습은 도저히 이해할 수 없어서 불편했고, 거실 소파 앞에 **W**모양 자세로 종일 미동 없이 앉아 있는 것을 보면서 '저 다리는 쥐도 안 나나? 무쇠 다리라도 되나?' 하는 생각에 신기해하면서도 가슴이 답답했다. 더 이상한 것은 누구도 형의 이상함에 대해 명쾌하게 설명해 주지 않았다는 것이다. 형은 다른 사람들과 왜 이렇게 다른지, 왜 아무도 말해주지 않는지 늘 의문이었다. 나는 그저 풀리지 않는 물음표를 품으며 살아갈 수밖에 없었다. 형의 이상함은 딱 그 정도였다. 그러나 만약 이상한 것만이 문제였다면 나는 형을 창피해하지 않았을 것이다.

형은 나보다 잘하는 게 하나도 없었다. 내가 할 수 있는 대부분을 스스로 하지 못했다. 형은 혼자 제대로 씻지 못해 나랑 같이 씻곤 했는데, 한 번은 등이 너무 가려워서 등 좀 밀어달라고 초록색 때밀이 수건을 형에게 쥐여줬다. 그러자 형은 손가락 인형처럼 때밀이 수건을 손에 반쯤만 걸치고선 가렵지도 않은 나의 어깨뼈 쪽만 집중적으로 간지럽히기에 바빴다. 나는 "그럼, 그렇지. 내가 누구한테 부탁하냐, 됐어! 뒤돌아!"라고 호통치며 형의 등을 벅벅 밀어댔다. 그렇게 나는 형을 낙인찍고 있었다.

형은 사람들의 평가가 있기 전에 이미 가족인 나로부터 가장 먼저 평범하지 않은 사람이 되었다. 당시 나는 평범하지 않다는 것은 비정상적인 것과 가깝다고 생각했다. 비정상적인 것에 가깝게 생각했다. 그래서 평범하지 않아 보이는 형이 내 삶의 일부로 드러나는 것이 불편했다. 나는 형을 감추고 싶다는 생각에 사로잡혔다. 그 누구도 보지 못하고, 알지 못하게, 오로지 나 혼자만 아는 비밀을 주머니 속에 깊게 찔러 넣었다. 그 비밀이 내 손에서 벗어나지 않도록 주머니 속에 넣어 안전하게 꼭 쥐고 있는 것이 낫겠다고 생각했다.

우진이와 동우는 어릴 적 같은 동네에서 삼총사로 함께 놀던 친구들이다. 나는 그 친구들이 형의 존재를 알게 될까 봐 늘 신경이 곤두서 있었다. 우진이에게는 남동생이, 동우에게는 누나가 있었다. 우진이의 남동생은 짓궂은 장난을 당할 때마다 억울한 표정을 지었다. 나에게도 장난이 심했던 우진이가 남동생한테는 얼마나 더 심한 장난을 쳤을지 안 봐도 뻔했다. 그러면서도 나는 우진이의 동생이 우진이를 형이라고 졸졸 따라다니는 게 신기하게 느껴졌다. 반면 동우의 누나는 따뜻한 사람이었다. 한 번씩 동우네 집에 놀러 가면 따뜻하게 우리를 맞이해줬다. 나는 그 수줍음과 다정함에 묘한 설렘과 고마움을 느꼈다. 그런데 동우의 누나가 동우에게만큼은 무미건조한 얼굴로 대하는 모습을 보며 의문이 들었다. 서운할 법도 한데 동우는 아무렇지도 않은지 담담하기만 했다.

고심 끝에 나는 나만의 결론을 지었다. 나의 형제와 친구들의 형제가 어딘가 다르게 느껴지는 건 분명했다. 그들은 내가 모르는 방식으로 연결된 무언가가 있어 보였다. 우진이와 우진이 동생은 서로 아무리 소리 지르며 치고받고 싸워도 결국은 화해하며 웃고 떠들었다. 동우와 동우 누나는 서로 무심하게 관심 없어 보이면서도 지나가며 건네는 말투에 서로를 챙겨주는 마음이 느껴졌다.

왠지 모르게 그들의 관계가 탐났다. 나와 형의 관계에서는 찾을 수 없는 유연함과 자연스러움이 부러웠다. 우리 형제의 대화는 달랐다. 서로 말과 행동을 주고 받는 티키타카가 아닌 '이거 하자', '저거 하자' 는 식의 일방적인 지시에 가까웠고, 돌아오는 형의 피드백은 늘 단답형이거나 무응답이었다. 나는 형을 감시하듯 지켜봤고, 형이 사고를 치면 혼내기에 급급했다. 보통은 형이나 누나가 동생을 챙기고 있었지만, 우리 집은 동생인 내가 양말 신기부터 양치까지 형의 전반적인 일상을 챙기는 게 습관처럼 익숙했다.

나는 주머니 속의 비밀을 더욱 꽉 쥐게 되었다. 나는 친구들에게 형을 들킬까 봐 떨리는 마음을 진정하는 것이 힘들었다. 그저 형의 이야기가 나오지 않기를 바랄 뿐이었다. 제발 그 이야기만은! 형제, 남매 이야기만 나오면 어쩔 줄 몰라 하며 얼어붙었다. 형에 대해 말하는 것을 상상하고 싶지 않았다. 친구들이 나의 비밀을 알게 될까 두려워 입을 앙다문 채 속으로 내 형제 관계에 제발 관심가지지 말아 달라고 생각하며 그저 듣고, 웃고, 바라보고만 있었다.

그러나 주머니 속 비밀은 내가 세게 붙잡을수록 따가워졌다. 비밀을 숨기는 나를 벌하기라도 하듯 그것은 점점 더 뾰족해져서 나를 찌르고 괴롭혔다. 나는 따가움을 어찌할 방법을 떠올리지 못하고 그저 견뎌야 한다고 생각했다. 아무리 비밀이 따가워도 그것을 손에서 놓을 수 없었다. 놓는 순간 마치 발가벗은 것처럼 나의 모든 걸 보여주게 될 것 같아서, 누군가 내 비밀에 대해 수군댈 것 같아서, 그래서 내가 아무것도 아닌 존재로 남을 것 같아서, 형의 존재가 나를 집어삼킬 것만 같아서. 온갖 상념에 사로잡혀 방어 자세를 풀지 못했다. 어느새 형은 나에게 아주 은밀하고도 들키고 싶지 않은 치부가 되어있었다.

나의 불편한 속앓이가 형 때문이라는 것을 알고 나자 형이 미워지기 시작했다. 언제부턴가 나는 형이 나쁘게 느껴지기 시작했다. 시도 때도 없이 콜라를 사달라는 형을 보면 자비 없는 불도저가 생각이 났다. 부모님의 옷을 꽉 쥔 채 소리를 지르는 형의 집요함을 이길 방법은 없는 것 같았다. 나는 형의 기세에 부모님이 다칠까 염려됐다. 출퇴근할 때나 외출하는 도중에도 형은 언제나 돌발적이었고 후퇴란 결단코 없었다. 형의 밑도 끝도 없는 요구는 점점 더 과해졌고, 부모님도 점차 지쳐가는 것 같았다.

부모님과 형의 대화 패턴은 항상 같았다. 형은 콜라를 사달라고 하고, 부모님은 거듭 안된다고 하다가 결국엔 형의 바람대로 흘러 가는 모습이 반복되었다. 더 이상 이래서는 안 된다는 생각에 형을 차갑게 대하기로 결심했다. 나라도 차갑고 단호하게 하지 않으면 형은 끝없이 부모님을 괴롭힐 게 분명했다. 내가 형에게 강하게 나서면 부모님도 조금은 편해질 수 있을 거라고 믿었다. 형이 소리를 지르고 가족들에게 화를 내게 되는 상황이 발생하면 나는 눈 하나 깜짝 않고 형을 엄하게 나무랐다.

"이거 안 돼. 저거 안 돼. 이렇게 해. 저렇게 해. 알겠어? 대답 안 해?"

그런 일들이 반복되면서 형과 나의 관계는 점점 군대 상사와 하사처럼 변질되고 있었다. 나는 형에게 일방적인 지시를 했다. 아니 지시보다 명령에 가까웠다. 그리고 그 명령에는 무조건 알았다는 대답이 따라야 대화가 매듭지어졌다. 나에게 어느새 형은 형이 아니었다. 오로지 나는 형이 집에서 올바른 행동만 하기를 기대했고 형이 그 기대에 부응하지 못하면 실망과 분노를 섞어 부모님 대신 회초리를 들기도 했다. 내 눈에 형은 하나의 문제 해결의 대상으로 보였고, 형의 감정이나 생각을 고려하지 않은 채 내가 원하는 대로 형을 움직이려 했다.

사람을 내 마음대로 움직인다는 건 그야말로 중독적이었다. 나는 좀 더 과감해져서 급기야 이성을 잃고 있었다. 내 무서운 언성과 말투에 벌벌 떠는 형을 보면 묘한 쾌감이 이어졌다. 부모님이 하는 말에는 꿈쩍도 안 하던 형이 내 말에는 꼼짝없이 순종하는 모습을 보며 만족감이 차올랐다. 내가 고삐 풀린 형을 통제할 수 있는 유일한 사람이라는 생각에 점점 더 격해지고 있었다. 큰 잘못만 꼬집었던 내가 어느새 형이 완벽한 사람이 되기를 바라며 사소한 행동 하나하나까지 지적하기 시작했다. 말투 하나하나, 행동 하나하나까지 내 기대와 기준에 맞춰야 한다고 생각했다.

하지만 형을 통제하는 시기가 지나간 뒤에는, 형을 대하는 나의 마음이 서서히 변해갔다. 내가 마지막으로 선택한 건 편안함이었다. 형에게 완벽을 강요하는 것이 언제부턴가 편치 않았다. 나의 날서고 차가운 태도에 형은 수시로 내 눈치를 살폈다. 내가 가까이 다가가기만 해도 몸을 움츠리는 형을 보며 나는 무언가 잘못되었음을, 내가 돌이킬 수 없는 잘못을 저질렀다는 것을 깨달았다. 나는 단순히 형의 잘못된 행동을 바로잡고자 부모님을 위해 애썼을 뿐이지 나쁜 마음은 없다고 믿었다. 하지만 그 모든 것이 어쩌면 내 욕심이었을까 하는 생각이 들면서 심장이 아래로 쿵 떨어지는 듯한 충격이 밀려왔다.

그동안은 내 선택에 후회 없이 살아왔다고 생각했다. 형을 얼음장처럼 차갑게 대했던 그 시간 역시도 눈곱만치 후회가 없을 거라고 확신했다. 하지만 몇십 년이 지난 지금 나는 그 시절 나의 행동을 후회하고 있다. 그때의 나는 형을 차갑게 대하는 것이 무조건 옳다고 확신했지만, 지금 와서 돌이켜보면 좁은 시야 속에 갇혀 있었는지도 모르겠다. 만약 다른 방법을 찾아 형의 요구와 행동 속에 담긴 진심을 내가 읽어낼 수만 있었더라면, 내가 조금 더 너그러웠다면, 형은 나에게서 이렇게나 멀어지지 않았을 것이다.

형이 살아가는 방식을 인정하기로 했다. 서툴고 이상하다고 해서 모든 게 심각한 문제로 이어지는 건 아니라는 사실을 깨닫자 괜히 머쓱해졌다. 그렇게까지 쏘아붙일 필연적인 이유는 존재하지 않았는데 그동안 너무 날카롭게만 쏘아붙였다는 생각에 마음 한구석이 찌릿했다. 그래서 나는 달라지기로 마음먹었다. 웃어넘길 수 있는 여유를 가져보기로 했다. '그럴 수도 있지' 하는 자세는 좁았던 내 마음을 마치 확장 리모델링 하듯 넓혀주었고, 형을 바라보는 나의 시선도 좀 더 부드러워지고 있었다.

성인이 되고서야 형의 존재를 수용할 수 있었다. 나는 이제 형에게 격렬한 감정을 느끼지 않는다. 형과 함께 있는 순간들이 깃털처럼 한결 가벼워지고 우리 사이에 흐르는 감정은 강물처럼 자연스럽게 되었다. 우진이 형제와 동우 남매처럼, 형과 나도 서서히 우리만의 조용하고 단단한 형제 관계를 만들어 가고 있음을 느꼈다. 영원토록 느껴질 것 같았던 주머니 속 따끔거림은 더 이상 나를 괴롭히지 않았다.

Chapter ●●

평범한 게 뭔가요?

다름을 품은 자리

오늘의 단어 | 분노 💢

어디에도 속하고 싶지 않지만

어디에나 있고 싶었다.

불필요한 시선과 나를 얽매는 편견을

같이 내려놓자고 외치고 싶었다.

자유로움은 그렇게 시작되는 게 아닐까.

시선의 무게

오늘의 단어 | 거절 ✕

장애와 친숙한 나는 아이러니하게도 장애 관련 콘텐츠를 거의 보지 않았다. 왠지 모를 거부감이 있었기 때문이다. 너무 자극적이어서 우연히 TV나 휴대전화로 접할 때마다 인상을 쓰게 됐다. 장애를 극복해야 하는 도전 과제나 감동의 대상으로 묘사하는 방식이 마음에 들지 않았다. 그런 접근 방식은 자칫 비장애인의 동정심을 유발하거나 장애를 오해할 여지를 남길 수 있다. 이런 콘텐츠가 생산될수록 장애는 여전히 특이하고 특별한 것이라는 편견이 대중의 머릿속 한편에 자리잡힐 것이라고 생각했다. 그들의 일상적인 삶이 어떤지, 다층적으로 경험을 들여다보지 않고 단순하게 축소하는 경향이 느껴져 불편했다.

나의 방어기제가 발동한 것일지도 모르겠지만, 장애 소재의 콘텐츠를 볼 때면 '너희들이 장애를 알면 얼마나 알겠냐'는 생각으로 콧방귀를 뀌었다. 일평생을 장애와 함께한 내겐 작품에서의 어설픈 장애 묘사가 허술하기 짝이 없고 어이없게까지 느껴졌다. 하지만 그 마음속 어딘가에는 장애를 올바르게 이해해 주길 바라는 바람도 숨어있던 것 같다. 장애의 복잡함과 현실을 누군가가 알아주기를, 단순한 동정이나 무지와는 다른 깊은 이해를 기대하면서도 그 기대가 배신당할까 두려워 방어적인 자세를 취한 것이었다.

가끔은 내가 너무 까다로운 건 아닌지 스스로 의심하기도 했다. 사실은 장애에 대해 잘 알지도 못하면서 괜히 아는 척하고 있는 건 아닐까. 그런 나를 누군가는 비웃고 있을지도 모른다는 생각이 들면 마음이 불편해졌다. "정작 본인은 장애가 없는데, 장애를 얼마나 잘 안다고 그렇게 엄격하게 굴어?" 어디선가 속삭임이 들리는 것 같았다. 그렇지만 한편으로 '내가 아니면 이 현실을 얼마나 직시할 수 있겠어? 내 경험을 통해 이야기하지 않는다면, 그 자리는 또다시 표면적이고 편리한 묘사로 채워지는 거 아니야?' 하며 반문하기도 하였다.

그런 와중에 시청하게 된 드라마가 있었다. 천재적인 두뇌와 자폐스펙트럼 장애를 가진 신입 변호사 우영우의 대형 로펌 생존기를 담은 〈이상한 변호사 우영우〉였다. 지금까지 극소수만 존재하는 서번트 증후군을 소재로 삼아 다루는 작품은 많았지만, 자폐스펙트럼 장애를 묘사한 작품은 많지 않았다. 그런데 이 드라마에서는 우영우를 둘러싼 사회적 시선이 섬세하게 그려진 것 같아 내게 신선한 울림을 주었다. 극의 인물 중에는 그녀의 뛰어난 능력에 놀라움을 느끼며 인정하는 시선을 가진 사람과, 그녀의 독특한 행동과 반응을 두고 불편함을 느끼는 사람이 함께 있었다.

권민우 변호사는 후자 중 한 사람이었다. 권민우는 우영우를 탐탁지 않아 했다. 권민우는 우영우가 탁월한 기억력과 법률 지식을 바탕으로 사건을 해결하는 모습에 불안과 질투, 경쟁심을 느꼈다. 자신의 목표를 달성하기 위해 수단과 방법을 가리지 않는 계략적인 성격을 보이면서 '권모술수'라는 별명까지 얻었다. 권민우가 마음에 들지 않았던 우영우의 동료 최수연은 참다못해 그를 나무라며 핀잔을 준다. 왜 강자는 못 건드리는데 우영우한테만 그러냐는 최수연의 말에 권민우는 발끈하는 장면이 나온다. 나무라는 최수연에게 그는 우영우는 약자가 아니라 오히려 강자다, 로스쿨 때부터 일등이었고 매번 우리를 이기는 상황에서 장애라는 이유로 모든 걸 양보한다는 건 말도 안 된다고 주장했다.

시청자들에게 미움만 받던 권모술수가 이 장면에서만큼은 약간의 반전을 안겨줬다. 권민우의 주장에 대한 갑론을박이 나뉘었기 때문이다. 우영우에게 질투가 나서 떼쓰는 꼴이라는 의견이 다수였지만, 다른 한편으론 권민우가 제일 편견 없고 공정한 캐릭터이며 우영우를 다들 약자로만 여길 때 권민우는 진짜 경쟁자로 대하고 있다는 의견을 가진 사람들도 존재했다. 권민우는 이외에도 여러 에피소드를 통해 시청자의 감정을 자극하면서 묘한 연민과 분노를 일으키는 인물로 자리 잡았다. 짧은 대사가 오가는 장면을 보면서 나는 많은 생각에 잠겼다. 최수연은 우영우를 어떻게 바라봤을까, 권민우는 우영우를 어떻게 바라봤을까. 그렇다면 나는 장애인을 어떠한 시선으로 바라보고 있었을까? 후원의 대상인가, 연민의 대상인가, 아니면 폐를 끼치는 존재인가? 나는 그 사실을 정확하고 세세하게 알 수 없었다.

어린 시절 내가 형을 어떻게 바라봤었는지 잠시 생각해봤다. 형은 내 눈엔 그저 불쌍한 사람이었다. 학교가 끝나면 나처럼 재밌는 게임을 할 수도 없었고, 나가서 친구들과 뛰어놀 수 있는 것도 아니었고, 하고 싶은 말은 많아 보이는데 정작 말을 못 하니 답답해 보였다. 한마디로 형의 하루는 그야말로 지루하기 짝이 없었다. 형은 대부분의 시간동안 우리 집 대문만 하염없이 바라보고 있었다. 창문 너머 들려오는 놀이터 속 깔깔깔 웃음소리는 형의 관심사가 아니었다. 그저 형은 엄마와 아빠만 집에 오길 기다리며 무언가를 견뎌내는 것처럼 보였다.

그때는 이해할 수 없었다. 내가 할 수 있는 모든 것을 형은 대부분 못한다는 사실이 안타깝고도 이상하게 느

껴졌다. 내가 재밌어하는 모든 것들을 느낄 수 없는 형은 도대체 무슨 재미로 살아가는지 알 수 없었다. 그 마음을 이해하려고 노력했지만 나는 눈앞에 보이는 것과 내가 느끼는 경험이 전부라고 판단하는 어린 아이였다. 그러니 생각의 흐름 역시 마치 답이 이미 정해진 것처럼 놀랍지도 시원하지도 않았다. 결론은 담담하고 냉정했다. 형이 장애가 있으니 어쩔 수 없다고. 장애인으로 태어났으니 형은 장애를 감수하고 살아가는 게 어쩔 수 없는 운명이라고 믿었다. 그 운명은 내가 이해하기 어렵고 바꿀 수도 없는 불변인 것처럼 느껴졌다.

그렇게 형을 바라보는 나의 시선은 다시 변했다. 회피해버린 것이다. 나와 다른 세상에 사는듯한 형에게 눈길조차 주고 싶지 않아서, 형이 무엇을 하든 쳐다보지 않았다. 형이 밖에서 사고를 치고 엄마와 아빠 속을 썩여도, '그럼, 그렇지'라며 못마땅해할 뿐 다른 반응은 하지 않고 그저 침묵했다. 형은 나와 다른 차원에 있는 사람이라고 생각했다. 내가 이해하기 힘든 사고방식과 집착적인 행동들은 장애로부터 비롯되고, 나는 장애가 없으니 나와는 상관없는 일처럼 느껴졌다.

정작 형은 내가 그러거나 말거나 신경 쓰지 않는 것 같았다. 내가 형을 좋게 바라보든 나쁘게 바라보든 형은 아무렇지도 않아 보였다. 한편으론 내게 너무 무심한 것 같아 반대로 약이 오르기도 했다. 그러나 언제부턴가 형도 내 시선에 응답하는 것이 느껴졌다. 형은 내게 말로 표현하지는 못했지만 표정과 행동으로 대신 말해주고 있었다. 형은 마치 늦가을의 기운처럼 나에게서 느껴지는 서늘한 어떤 것을 느낀 듯했다. 아마 형은 나를 해로운 존재로 느끼는 것 같았다. 진심은 닿는다더니, 형을 향한 나의 온갖 부정적인 감정들이 맞닿은 것 같았다. 당연한 결과였다. 형은 언제부턴가 나를 전과는 다르게 대하기 시작했다. 무엇보다 매사 나의 눈치를 봤다. 나를 볼 때는 특유의 곁눈질로 흘겨보았고 그 좁은 집에 어떻게든 나와는 거리를 두겠다고 최소 몇 발짝은 떨어져 있었다.

나를 쳐다보는 형의 날카로운 눈빛이 매우 거슬렸지만, 나는 '그래 봤자'라고 생각했다. '그래서, 네가 그러면 어쩔 건데?' 나는 속으로 형을 깎아내리며 더욱 뾰족해지고 있었다. 나의 뾰족함과 형의 날카로움이 충돌

해 집 안의 공기는 팽팽해졌다. 형이 나를 볼 때마다 그 시선 속에 담긴 감정이 무엇인지 형의 마음을 도통 알 수가 없었다. 형은 마치 무언가를 다 안다는 듯, 나의 모든 생각을 꿰뚫어 보는 듯한 눈빛으로 나를 불쾌하게 만들었다. 그 불쾌감 속엔 어딘가 익숙한 찌꺼기가 섞여 있었다. 치아 사이 속에 끼여버린 찌꺼기. 분명 어디선가 씹어본 경험이 있는 듯 낯이 익었다. 어쩌면, 형이 나에게 쏘는 시선은 내가 형을 바라보는 시선과 결이 비슷할지도 모르겠다는 생각이 들었다. 나는 문득 한 가지 경험이 떠올랐다.

마르고 왜소했던 나는 어딜 가든 시선을 끌었다. 사람들은 나에게 '살 좀 쪄라'는 말과 함께 묘한 시선을 사방에서 쏘아댔는데, 그게 참 견디기 힘들었다. 내가 봐도 나는 해골과 다름없었다. 바람 한 줄기에도 흔들리는 얇은 나뭇가지 같은 팔과 다리, 피부에 실루엣처럼 비치는 핏줄은 매력적이지도, 멋지지도 않았고 그저 부서질 듯 연약해 보였다. "밥 좀 많이 먹어"라는 지긋지긋한 말에 "많이 먹어도 안 찌는 걸 어찌합니까?"라고 매번 반박하기도 힘들었다. 그 중에도 표정을 짜부라지게 하는 것은 다름 아닌 시선이었다. 마치 불쌍한 난민 아동 바라보듯 하는 눈빛이 성가셨지만 대응할 수 없던 나는 숨이 막혔다. 몸의 결핍 하나로 내 존재 자체를 평가하고 나를 낮추는듯한 시선은 어깨를 점점 움츠리도록 만들었다.

사람들의 시선이 날카롭게 꽂히던 순간을 떠올리자 형의 기분이 어렴풋이 이해됐다. 내가 그토록 싫어했던 그 시선을 형에게 그대로 돌려 주고 있었던 것이다. 내 시선의 무게가 형을 누르고 있었을 거라는 뒤늦게 들었다. 형과 동행하면 얼마든지 느낄 수 있었다. 사람들은 우리를 보고 어딘가 불편함과 경계심이 섞여 있는듯한 눈빛으로 거리를 두거나, 과한 친절로 마치 보듬어야 한다는 의무감에 사로잡힌 시선으로 행동했다. 시선은 찰나의 순간으로 보이지 않는 벽을 세우고, 강자와 약자로 사람을 나눌 수 있다. 나는 신경 쓰지 않는 척 무심한 척 노력하면서도 완전히 벗어나는 것이 어렵다는 것을 깊이 느끼곤 했다.

형을 향한 동정과 회피로 점철된 나의 시선은 결국

형의 삶을 온전히 이해하지 못한 편협한 관점에서 비롯된 것임을 깨달았다. 형을 불쌍한 사람으로 여긴 것은 오로지 내 기준에서 형의 삶을 제한적으로 바라본 결과였다. 형은 불쌍한 사람이 아니라, 나와 다른 방식으로 세상을 살아가는 사람이었다. 형의 세상은 내가 상상하지 못한 방식으로 독창적이다. 형의 시선, 감각, 그리고 생각이 나와는 다른 결을 가졌을지라도 형에게는 나름의 즐거움과 방식이 있었을 것이다. 형의 삶이 내 기준에서 벗어나 있다는 이유로 그 가치를 평가절하했다는 사실이 부끄러웠다.

5년, 10년, 20년이 지났어도 세상이 크게 변하지 않았음을 느낀다. 장애 학생들과 현장 체험학습을 나가면 학생의 존재감은 자연히 주위의 시선을 사로잡기 마련이다. 갑자기 소리를 지른다던가, 몸을 흔드는 등의 평범치 않은 행동을 하는 학생들에게 평범한 일상이 따라올 수는 없었다. 마치 신기한 구경거리가 있다는 듯 뚫어지게 쳐다보는 사람도 있다. 자신이 주목받는 걸 아이들이 아는지 모르는지조차도 나는 알 수가 없다. 그 시선을 어떤 의미로 받아들이고 있는지도 나는 모른다.

그저 그들이 느낄 수 있는 자연스러움을 가능한 지켜주고 싶다는 마음만 커질 뿐이다.

내가 바라던 것은, 특별하지도 무심하지도 않은 시선이었다. 그런 시선은 상대를 있는 그대로 받아들이는 데서 시작된다. 어쩌면 그것은 대단한 노력이나 특별한 배려에서 오는 게 아니라 일상에서 스며드는 공감일지 모른다. 거창한 이해가 아니라 그저 한 사람으로서의 존재를 인정하는 마음이 필요하지 않을까. 무겁지도 가볍지도 않은 그런 시선 말이다.

모두의 꿈

오늘의 단어 | 긴장 §§§

아주 오래전부터였다. 아주 어릴 때부터 형을 걱정했다. 형의 엉성한 일상을 보고 있으면, 자연스레 눈길이 가고 마음이 요동쳤다. 밥을 먹으며 옷에 흘리진 않을까, 양치질은 제대로 하고는 있나, 옷걸이에 옷은 잘 걸었나, 사소한 일까지 불안했기에 내 마음은 항상 형을 졸졸 따라다녔다. 이 상황을 어떻게 해서든 바꿔야 했다. 언제까지 엄마와 아빠가 형의 그림자처럼 따라다니며 돌봐줄 수 없을 거라는 강한 확신이 들었다. 부모님의 노후를 대비해서라도 형이 스스로 할 수 있는 일을 늘려야 한다는 것이 나의 생각이었다. 나는 엄마와 아빠가 형을 도와주려고 할 때마다 버릇처럼 말했다.

"형이 혼자 할 수 있도록 도와줘야 해."

일관된 나의 주장이었다. 머리에 피도 안 마른 자식이 형의 자립을 논하고 있으니 부모님은 나의 진지한 일침을 웃어넘기면서도, 그것이 잘못됐다고 반박하지 않으셨다. 오히려 그런 상황이 반복될수록 내 생각의 뿌리는 점점 더 깊어졌고, 나는 더욱더 강렬한 확신으로 가득 찼다. 나는 깊은 바닷속을 들여다보는 듯한 부모님의 표정에서 무언가를 느낄 수 있었기 때문에 어쩌면 엄마와 아빠도 내 주장에 대답하지는 않았지만, 무언의 동의를 하는 건 아닐까 하고 생각했다. 흐릿한 눈빛과 무언가를 갈망하는 듯하지만 쉽게 이룰 수 없는 것을 바라보는 부모님의 표정은 나를 답답하게 만들었다.

아주 사소한 것이라도 좋으니, 형이 홀로서기를 바랐다. 반찬 하나를 집더라도 스스로 반찬을 포크로 찍어 자기 밥그릇에 얹었으면 했다. 그리 어려운 것도 아니고, 형도 충분히 할 수 있는 일인데 많이 먹으라는 덕담과 함께 반찬을 형의 밥그릇 위에 올려 주는 엄마와 아빠의 상냥한 행동이 너무 거슬렸다. 내가 봤을 땐 필요 이상으로 형이 부모님께 의지하고 있는 듯 보였다. 그리고 그것은 엄마와 아빠가 형을 오냐오냐하며 버릇을 잘못 들였기 때문이라고 생각했다. 나는 형이 온실 속 화초처럼, 울타리 속에 있는 양처럼, 과잉 보호받고 있다는 느낌을 지울 수가 없었다.

나는 부모님께 형을 홀로 마트에 보내보자고 했다. 꽤 파격적인 제안이었다. 마트에 갈 때 형은 꼭 양 옆으로 나와 엄마의 손을 수갑 채우듯 붙잡고 다녔기 때문이었다. 엄마는 고개를 끄덕이며 한번 해보자고 했다. 나의 일관된 주장이 드디어 부모님께 수용되는 순간이었다. 이번만큼은 나의 말에 동의해 준 것이다. 엄마는 한번 결심이 서면 강하게 추진하는 사람이었다. 먼저 마트 사장님께 전화로 미리 양해를 구한 후 나와 형을 내려보냈다. 나는 온 힘을 다해 형에게 설명했다. 물건을 사려면 돈이 필요함을 강조했고, 그 돈을 계산대에 건네줘야 물건을 집에 가져갈 수 있다고 몇 번이고 반복해서 형에게 알려줬다. 길이야 집에서 마트까지 코앞이었고 수없이 동행하던 길이니 헷갈리진 않을 것 같았다.

"혼자 다녀와! 출발!"

"...?"

이 정도면 됐겠다 싶어 형을 마트에 홀로 보냈다. 하지만 형은 무슨 이유에서인지 나가질 않았다. 그토록 마트에 가고 싶어 하던 형은 이게 무슨 일인가 하는 표정으로 우리를 바라봤고, 신발장에 그대로 선 채 발걸음을 선뜻 떼지 않았다. 몇 번이고 다녀오라는 재촉에 형은 등 떠밀려 문밖을 나섰지만, 엘리베이터로 가는 데까지 몇 번이고 뒤를 돌아보며 눈치를 살폈다. 형은 평소와 달랐던 상황이 불안한 듯 보였다. 그런 형을 보내는 엄마와 나도 불안한 건 매한가지였다. 제대로 할 수 있을지, 뭔가 실수를 하지는 않을지. 나는 형의 뒤를 미행하듯 따라가 형이 마트에 들어가는 모습을 지켜보았다. 밀려오는 불안에 가슴이 점점 조여왔지만 이내 검은 봉투를 들고 당당히 걸어 나오는 형의 모습을 보며 안도의 한숨을 내쉬었다.

콜라 하나 과자 두어 개, 그리고 거스름돈. 형이 가져온 것만 놓고 보면 가히 성공적이라 할 수 있었다. 하지만 문제는 그때부터였다. 고삐가 풀려버린 것이다. 홀로 나가는 걸 두려워하지 않게 된 형은 제멋대로 행동하기 시작했다. 하루에 한 캔으로 족했던 콜라는 두 캔, 세 캔으로 불어나기 시작했고, 형의 하루치 만족을 이루지 못하면 엄마의 지갑에서 돈을 훔쳐 문밖으로 뛰쳐나갔다. 폭주하는 듯한 형을 안전하게 지키기 위해서는 방어 수단이 필요했고, 우리는 이를 마련하는 데 급급했다. 시작은 도어락이었다. 하지만 형은 우리의 대처를 비웃듯 버튼 하나를 누르면 문이 열린다는 걸 재빨리 눈치챘다. 대문 걸쇠를 추가해서 자물쇠도 추가해봤지만, 문고리를 잡고 앞뒤로 흔들더니 초인적인 힘으로 자물쇠를 박살 내버렸다. 마치 감옥에서 탈출하듯 나온 형은 이성을 잃곤 했다. 거스름돈을 가져오지 않기도 했고 진열된 물건을 어지르기도 했다. 형이 사고를 칠 때마다 수습하는 건 엄마와 나였다.

나는 불안에 떨었다. '형이 또 멋대로 집을 나가 마트에 가서 무슨 일이라도 저지르면 어떡하지.' 하는 생각에 가슴이 조여오고 조마조마했다. 엄마도 나와 같은 생각을 하신 것인지 어느 날, 열쇠 기사가 다시 한번 방문했다. 그리고 대문에 거대한 특수잠금장치를 설치했다. 안에서 밖으로 나갈 때도 열쇠로 따야 열 수 있는 장치였다. 장치를 잠그면 대문 자체가 정말이지 꿈쩍도 하지 않았다. 그 장치를 잠그는 열쇠는 생전 듣지도 보지도 못했던 특이한 모양이었다. 뭉툭한 모양에 나선형으로 톱니가 새겨진 열쇠는 보기만 해도 묵직했고, 그 열쇠를 주머니에 넣으면 무게 때문에 한쪽으로 바지선이 치우쳐 신경이 쓰였다. 하지만 그것은 마땅히 감수해야 하는 부분이라고 생각했다. 이 열쇠를 장치에 넣고 돌려 잠글 때마다 철컥하며 단단히 닫히는 소리가 났는데, 형은 그 소리를 듣는 순간 밖으로 나가는 걸 포기하고 말았다. 그 소리만 들으면, 나는 일순간 마음이 놓여 열쇠 장치가 든든한 수호자 같이 느껴졌다.

그런데, 아니었다. 열쇠 장치는 상대를 가리지 않았다. 열쇠의 허락 없이 나갈 수 없는 건 우리도 마찬가지였다. 아빠는 새벽 일찍 출근하려다가 열쇠를 못 찾아 지각하는 일이 발생했고, 나는 밖에서 놀다 열쇠를 잃어버려 해가 지고 부모님이 돌아오실 때까지 복도에 서서 울고불며 기다렸다. 이 문제를 어떻게 해결해야 하는지, 어쩌다 이 지경이 되었는지 아무도 알 수 없었다. 형의 자립을 돕겠다고 시작한 것이 또 다른 고민을 낳게 되었고, 도리어 누구 하나 자유롭지 못한 상황에 부닥친 것 같아 형이 원망스럽기까지 했다.

우리 가족은 형의 자립을 위해 시간을 쏟았다. 그 시간 속에는 크고 작은 문제들이 끊임없이 우리 앞을 가로막으며 방해했고, 그럴 때마다 찾아오는 부정적인 감정은 형의 자립에 필수적인 조건 같았다. 나는 그 불안을 견디기 어려워 점점 더 형의 자립에 대해 고민하려 들지 않았다. 학교 생활과 취업 준비에 치여 생활하기 바빴던 나는 형을 위해 노력하는 게 점점 더 부담스러워졌다. 그렇다고 혈연으로 이어진 가족의 의미와 책임감을 떠올려 보면, 아예 배제할 수도 없는 노릇이었다. 나는 형의 미래를 그릴 때마다 어깨를 짓누르는 듯한 무게가 느껴졌다.

솔직히 말해 '부모님이 어떻게든 하시겠지.' 하는 마음이었다. 모든 걸 다 제치고 떠나고 싶었다. 형의 미래를 고민하는 것조차 내게는 너무 큰 부담이었다. 나의 자립을 위해 내가 형에게서 등 돌린다면, 형을 돌보는 일은 오롯이 부모님의 일이 될 거라는 생각에 마음이 쓰였다. 그럼에도 불구하고 나만의 삶을 찾고 싶은 욕망은 점점 커졌다. 내가 원하는 삶과 가족에 대한 책임 사이에서 나는 갈팡질팡하며 마음이 어지러웠다.

이런 어지러운 나의 마음을 엄마는 눈치를 챈 듯 보였다. 엄마는 언제부터 나에게 같은 말을 반복하셨다. "공부에 집중해라. 형은 신경 쓰지 말고." 엄마의 말은 나에게 정당한 명분이 되었다. 엄마가 나에게 확실한 방향을 안내해 주는 것처럼 느껴졌다. 왼쪽으로 가지 말고 오른쪽으로 가라. 엄마가 그러라고 했으니, 나는 따르기로 했다. 확실한 유도에 나는 못 이기는 척 응답하기로 했다. 그렇게 나는 내 미래와 자립에만 몰입할 수 있었다.

이 문제가 언젠가는 해결될 줄 알았다. 적어도 내가 부모님께 손 벌리지 않고 살게 된다면, 그래서 부모님의 짐을 덜어드리게 된다면 한 올의 실마리라도 풀릴 줄 알았다. 하지만 현실은 생각처럼 간단하지 않았다.

나이가 들며 체력적으로 힘들어하시는 부모님과 온전한 독립을 원하는 나, 그리고 장애가 있는 형. 이 셋의 매듭은 단단히 묶여 풀릴 기미가 보이지 않았다. 시간이 흐르며 선택지는 점점 좁아졌다. 형은 학교에 다니다 성인이 되어 졸업하였지만 취업할 수 없었고, 주간활동 지원 서비스를 받았지만 시간이 제한되니 점점 한계가 있었고, 결국 온전히 자립할 능력을 갖추지 못한 형을 어쩔 수 없이 장애인 거주시설에 보내는 방향으로 생각이 흘러가고 있었다.

나는 한쪽 구멍을 억지로 막고 한쪽만 생각하기로 했다. 이제는 형이 아닌 부모님이 더 문제라고 말이다. 형을 시설에 보낸다는 건 분명 가슴이 아픈 일이었다. 하지만 형을 시설에 보내는 것이 모두에게 좋은 결정이라고 스스로 최면을 걸었다. 밀려오는 죄책감에 가슴이 찢어지는 듯했지만, 형을 돌보는 데 나보다 몇 배 더 고생했을 부모님이 형보다 먼저라고 생각했다. 이제는 부모님도 몸 편히 지냈으면 좋겠다는 생각이 우선이었다. 형을 시설에 맡기자는 나의 조심스러운 의견에 부모님은 한사코 무응답으로 거절했지만, 결국 부모님은 결단을 내리고 끝끝내 내 의견에 따라 주셨다.

하지만 부모님은 여전히 불안해하셨다. 형이 낯선 그곳에서 사고를 일으키진 않을까. 혹여나 못된 선생님이라도 만나 맞고 다니지는 않을까. 밥은 잘 먹을까 하는 온갖 불신과 걱정에 휩싸여 괴로워하고 밤잠을 설치셨다. 아마도 형을 시설에 맡긴 선택이 옳았는지 끊임없이 되묻는 듯했다. 표정도 항상 무거워 보였다. 그런 부모님에게 말을 건넸다.

"이제는 엄마와 아빠의 삶을 사세요. 먹고 싶은 거 마음껏 먹고, 다니고 싶은데 마음껏 다니고, 하고 싶은 거 마음껏 하세요. 형 생각하지 말고."

부모님은 나의 말에 쓴웃음만 지은 채 침묵했다. 누군가 우리를 도와줬으면 하는 생각이 간절했다. 하지만 그 도움의 손길을 기다리는 것만으로는 부족하다는 것을 잘 알고 있었다. 형의 자립은 우리 가족 모두가 감당해야 할 과제 같은 것이었다. 형의 미래를 준비하며 불안이 교차하는 시간 속에서 우리는 질문해야 했다. 어디까지가 가족으로서 책임이고, 어디서부터 형이 스스로 짊어져야 할 몫일까? 형의 자립을 돕는 일은 단순히 돕는 일이 아닌, 가족의 균형을 다시 맞추는 일이었다. 진정한 자립이 무엇인지, 현실적으로 가능한 자립이 어느 정도인지, 세상에 너무 고립되지는 않을지, 매 순간의 선택과 결정을 요구하는 과정에서 우리 가족은 불확실한 결정과 함께 한 걸음 한 걸음 시간을 보냈다.

한 사람의 자립에는 단순히 그 개인의 문제를 넘어서 함께 짊어져야 할 책임이 존재할 수 있다는 걸 실감하고 있다. 돌봄이 필요한 순간이 누군가에게는 좀 더 일찍 다가올 수 있고, 때로는 그 책임을 한 가정이 온전히 감당해야 하며, 온 가족이 나눠 들어도 무거울 만큼 크게 느껴질 수 있다는 걸 경험했다. 세상에 한 가지 바람이 있다면, 사람들이 이들의 자립에 대해 같이 고민해 주면 좋겠다. 그 고민이 모여 우리가 더 나은 세상으로 나아갈 수 있길 바란다.

소수라는 생각

오늘의 단어 | 무력

문득 궁금해진 적이 있다. 우리나라에 형과 비슷한 처지인 사람이 얼마나 있을까. 장애인을 가족으로 둔 나 같은 사람은 또 얼마나 있을까. 어려서부터 나는 이 질문의 답이 궁금했지만 찾지 않았다. 이유 모를 가려움처럼 그 호기심은 가끔, 아주 가끔 찾아오곤 했다. 사실 그 가려움은 그냥 바닥에 누워 뭉개버리면 그만이긴 했다. 애써 무시해도 됐고, 바쁜 일상으로 미뤄두고 자연스레 잊어버리면 됐다. 그러니 이 궁금증은 정말로 쓸데없는 거라고 믿었다. 아니, 알아서 좋을 것 하나도 없는 탐구 정신이라 생각했다. 정확한 수치로 이루어진 사실은 나에게 또 한 번 고독감을 선사할 것만 같았다.

굳이 내가 찾아보지 않아도 무언가를 느낄 수 있었다. 내가 살아온 경험은 이미 답을 말해주고 있었다. 나는 그저 확인이 필요했다.

어렸을 적 내가 살던 동네는 정겹고 아늑했다. 입구에 선 커다란 느티나무가 사람들을 맞이했고 그 나무를 중심으로 오래된 아파트와 큰 상가가 반원으로 감싸고 있었다. 상가에는 문방구와 슈퍼마켓, 교회, 유치원, 학원들이 있었다. 아파트 맞은편에는 커다란 모래 놀이터가 있었고 공원을 따라 쭉 걸어가면 내가 다니던 초등학교와 중학교, 고등학교가 있었다. 그곳에서 우리 가족은 20년을 훌쩍 넘게 살아왔다. 터줏대감이란 단어를 쓸 법했다. 눈을 감고도 동네 지도가 구석구석 그려졌고, 동네가 지나간 역사를 읊어보라 하면 거침없이 말할 수도 있었다. 문방구 사장님이 아버지에서 아들로 바뀌고, 슈퍼마켓 사장님과 교회 목사님, 전도사님이 몇 번이고 달라졌던 것들도. 그 역사 속에서 나는 형 같은 인물을 찾아 볼 수 없었다. 당시 내가 가진 장애의 기준은 내 손바닥 크기만큼 작고 좁았다. 거동이 불편하여 휠체어를 타는 어른과 노인은 장애인이라고 생각하지도 않았다. 형처럼 원인 모를 이유로 혼자 생활이 어렵고 세상과 거리를 두고 있는듯한 사람만을 장애인이라고 생각했다. 기억을 좀 더 더듬어 보자면, 엄마가 몇 번 비슷한 사람들을 만난 걸 본 적 있었다. 웬일인가 싶었다. 일밖에 모르던 엄마가 집에 사람을 초대한 것이었다. 엄마와 형의 친구라며 소개해 준 사람들은 정말 엄마와 형과 비슷한 느낌이었다. 엄마와 엄마 친구는 해가 지는 것도 모르고 웃음 가득한 수다를 하하 호호하며 즐겼고, 형 친구라는 사람은 형 옆에서, 형처럼 말없이 TV만 보고 있었다.

그 모습을 보고선 뭔가 인위적이라고 생각했다. 내가 원하는 건 이런 것이 아니었다. 옆집 사람 같은 이웃 주민도 아니고, 동네 주민도 아니고, 친인척도 아니었다. 알고 보니 그들은 형이 다니는 특수학교에서 연결된 인연이었다. 나는 속으로 '그럼 그렇지' 하고 청개구리처럼 그 인연을 부정했다. 온 동네를 뛰어다녀도 형 같은 사람을 본 적 없었기에 그것은 결코 자연스러운 만남이 아니라고 생각했기 때문이다. 그러면서도 '나와 같은 감정을 느낀 엄마가 외로움에 사무쳐 어떻게 해서든 무언가라도 찾고 싶었던 건 아닐까?'라며 엄마의 입장을 짐작했다. 그렇게 나는 언제부턴가 우리 같은 가정은 다수가 아닌 소수라고 생각해 왔다.

대략 5퍼센트였다. 결국에 내가 확인해 버린 수치였다. 몇천만 명 되는 인구에 장애인이 차지하는 비율은 그 정도밖에 되지 않았다. 수치를 알게 되자 퍼즐이 완성된 듯 모든 것이 보이고 이해가 되기 시작했다. 그때부터였을까, 내 주변의 세계가 다른 규칙으로 돌아가고 있다고 느껴졌다. 다수를 기준으로 돌아가는 세상은 커다란 벽이 존재했다. 소소한 일상을 사는 것에 장애가 없는 그들의 세상은 너무나도 편해 보였다. 그들의 웃음은 다른 차원에서 울려 퍼지는 것 같았고, 나는 그 속에서 점점 더 고립감을 느끼기 시작했다. 우리에게 도움이 필요하고, 적응하는 시간이 필요하고, 충분히 헤매야 한다는 것을 얼마나 많은 사람이 이해해 줄 수 있을지 의문이 들었다.

학생들과 함께 학교 현장 체험학습으로 영화관을 종종 찾았다. 비장애인에게는 그저 평범하고 흔한 일상일 수 있지만, 장애인에게 영화관이란 평범하지 않은 장소이다. 집과 학교라는 익숙한 울타리를 벗어나 직접 티켓팅을 하고, 팝콘과 음료를 손에 들고 커다란 스크린 앞에 앉아 영화를 감상하는 일은 단순한 여가가 아니었다. 또 하나의 배움이자 특별한 경험이 될 수 있었다. 그런데 때때로 그 유익함을 위해 감내해야 할 감정들도 있었다.

편안함과 쓸쓸함 그 사이였다. 사회로 나와 대중과 함께 영화를 관람하는 과정은 순탄치 않을 때가 있었다. 영화가 흥미진진한 장면에 접어들었을 때 감정을 조절하지 못하고 소리를 지르거나, 집중이 어려워 자리에서 일어나는 일이 심심찮게 발생했다. 그럴 때마다 주위를 둘러보면 불편해하는 기색이 느껴질 때가 있었다. 곁눈질로 힐끔거리거나, 작은 한숨을 내쉬거나, 속삭이듯 불판을 표하는 사람들도 있었다. 그럴 때마다 교사는 난처하지 않을 수 없었다. 학생을 다독이며 상황을 정리하거나, 그렇지 못하면 함께 밖으로 나가거나, 주변 관객에게 이해를 구해야 했다.

모두를 위한 선택이라며 방법을 점점 바꾸고 있었다. 내가 속했던 환경에서는 언제부턴가 영화관으로 현장체험학습을 갈 때 대관하는 일이 관례처럼 자리로 잡았다. 오롯이 우리만을 위한 공간에서 마음 편히 영화를 관람하는 방식 자체는 훨씬 편했다. 학생들은 눈치 보지 않고 영화를 즐길 수 있었고, 교사들도 불필요한 긴장을 덜 수 있었다. 그럼에도 나는 마음 한편에 이게 정말 맞는 선택인가라는 생각을 지우기가 어려웠다. 영화관이라는 모두를 위한 공간에서 매번 분리되는 우리의 모습을 보며, 함께 살아가는 법을 배우기 위해 밖으로 나왔지만 결국 또 다른 울타리 안으로 들어가는 모양이 된 것 같아 씁쓸했다. 그럴 때마다 학생들이 편안한 환경에서 조금이라도 더 즐겁게 영화를 관람할 수 있다면 그것이 최선이라고 스스로 설득하곤 했다.

우리를 가로막는 듯한 느낌을 지우기 어려웠다. 자리가 문제였다. 휠체어를 사용하는 장애인을 위한 좌석이 대개 스크린 바로 앞쪽에만 마련되어 있는 점은 고민하지 않을 수 없는 포인트였다. 나는 처음 그 자리에 학생을 위치시켰을 때를 잊지 못한다. 목을 제대로 가

누기 어려운 학생의 입장으로 앞을 바라보자면, 스크린이 너무 가까워 보기도 어렵고 어지러울 지경이었다. 스크린에서 나오는 밝은 빛과 거대한 화면이 눈앞에서 빠르게 움직이는 모습은 우리를 집어삼킬 듯 위협하는 것처럼 느껴졌고, 무엇보다 체구가 작은 학생이거나, 장애 특성상 몸에 긴장이 배어있는 학생일수록 영화를 끝까지 시청하는 것이 불가능에 가까웠다.

민망함과 불만 그 사이였다. 그 상황을 나는 용납할 수 없었다. 그런 일이 발생할 때마다 알 수 없는 무언가에 반항하듯 내 몸은 거침없이 움직였다. 휠체어에서 학생을 내려 업고선 계단을 올라 자리에 앉히거나, 그게 어려우면 힘을 모아 휠체어를 통째로 들어 옮기곤 했었다. 구조상 옮기는 게 어려우면 어쩔 수 없는 현실에 타협하면서도, 학생에게 신경이 안 쓰일 수 없었다. 영화를 즐기고는 있는지, 아니면 불편함을 견디고만 있는 건 아닌지 나는 어둠 속에서 학생의 표정을 살피느라 바빴다. 정말 아이러니했다. 장애인을 위한 좌석을 애써 만들었는데 정작 활용하기는 어려운 이 상황을 잘 이해할 수 없었다. 이 공간이 과연 장애인을 환영하고 있는

지에 대한 의구심이 계속 들었다. 누구를 위한 자리인지 되묻게 되면서 이 자리의 배려가 구색을 갖추기 위한 표면적 장식에 불과한 것은 아닌지 의심이 들었다.

우리가 알고 있는 대형 영화관 내 장애인석의 70퍼센트가 맨 앞자리라고 한다. 10명 중 7명은 무조건 앞줄에 앉아야 한다는 소리다. 물론 나름의 이유는 있는 것 같았다. 입구와 출구 근거리에 위치하여 안전과 관련된 위기 상황을 즉각 대처하기 위해, 또는 건물 구조상 불가피하다는 입장이었다. 그런 설명을 듣고 나서도 나의 머릿속에 뜬 물음표는 가시질 않았다. '이것이 정말 최선인가? 더 나은 방법은 없는 건가? 이런 고민을 하고는 있는 건가?' 다수의 편의를 고려해 설계된 공간 속에서 소수의 권리는 종종 타협의 대상이 되는 것처럼 느껴져 씁쓸했다. 이 정도 해줬으면 됐지, 이 정도가 어디야. 하며 감사한 입장만 되어야만 한다는 인식의 무게가 분명 존재하는 것 같았다.

나는 언제부턴가 5퍼센트이니, 70퍼센트이니 이런 퍼센트 놀이는 크게 의미 없다는 생각이 들었다. 숫자가 현실을 어느 정도 설명해 줄 수는 있겠지만, 결국 당사자가 느끼는 경험과 감정은 그 어떤 통계로도 온전히 담아낼 수 없다고 믿었다. 5퍼센트의 소수가 겪는 불편함이 단순히 적은 수라는 이유만으로 간과되어서는 안 된다는 생각, 그리고 영화관에서 맘대로 자리를 선택할 수 없는 70퍼센트의 사람들을 위해 계속해서 더 나은 시설 환경을 고민해야 한다는 생각이었다.

곰곰이 되짚어 보면 나는 비장애인이지만 장애인을 위해 만들어진 편의를 알게 모르게 이용하고 있었다. 청각장애인을 위해 마련된 자막 서비스는 이제 없으면 허전하고 불편한 존재가 되었고, 지체장애인을 위해 설치된 휠체어 경사로나 엘리베이터 덕분에 무거운 짐을 끌고 다닐 때 큰 도움을 받았다. 장애인을 위한 배려라고 생각했던 것들이 사실은 나의 삶을 더욱 편리하게 만들어 주고 있었다. 결국에 모두를 위한 환경이란, 특정한 누군가만을 위한 것이 아니라 우리 모두의 삶을 풍요롭게 하는 일이라고 느꼈다. 그러니 소수만을 위해 생겨난 어떤 것들이 결국 내가 누리는 삶의 질에 많은 영향을 미치고 있다는 걸 깨달았다.

거대한 세상 속 나는 어디에 속하는가? 다수인가? 소수인가? 나는 그 무엇도 아니기로 결심했다. 서로의 존재가 어우러지는 공존의 중요성을 좀 더 믿어 보기로 했다. 나의 정체성을 다수의 일원으로 제한하거나 소수의 대변인으로 한정 짓고 싶지 않았다. 생각할수록 당연했다. 나는 언제, 어디, 어떤 상황이냐에 따라 시시각각 변하고 있었다. 학교 교사들 중에는 남자 교사가 더 적어서 성별 비율로 보자면 소수였고, 내가 속한 운동 동호회에 손님을 초대하면 다수의 입장이 되었다. 그럴 때마다 추구한 건 공존이었다. 남자 교사와 여자 교사가 서로의 목소리를 더욱 귀 기울여 듣고 지지하는 것이 중요하다고 느꼈고, 운동 동호회에서는 낯선 환경이 처음인 사람을 배려하고 존중하며 즐겁게 분위기를 만들어 가고자 노력했다.

그렇게 공존이란 개념은 나에게 더 깊은 가치를 새겨주었다. 진정한 의미의 공존은 단순히 같은 공간에서 함께 존재하는 것이 아니라, 서로의 다름을 인정하고 그 안에서 조화를 이루는 것이라는 생각이 들었다. 다수를 위한 편의 속에서도 소수가 배제되지 않고, 소수를 위한 배려가 결국 다수에게도 이로울 수 있음을 깨닫는 과정이었다. 결국 '우리'가 되려면 경계를 나누는 것이 아니라 그것을 흐리게 만드는 것이 더 중요하다는 믿음을 갖게 되었다. 서로를 이해하고 존중하며 차이를 통해 더 나은 세상을 함께 만들어 가는 일, 그것이야말로 공존이 지향해야 하는 방향이지 아닐까.

다수와 소수의 경계를 넘어 그저 함께 어우러져 살아가는 한 사람으로서 존재하고 싶다. 특정한 무리에 속하기보다 누구와도 자연스럽게 연결될 수 있는 사람이 되고 싶다. 배제하거나 구분 짓지 않고 공감과 포용 속에서 살아가는 사람으로 살고 싶다. 설령 어쩔 수 없이 단절된 곳에도 다리를 놓아줄 수 있는 사람 말이다. 모두가 각자의 자리에서 자기 속도로 걸어갈 수 있는 세상이라면 더 좋을 것이다.

그들의 장례식

오늘의 단어 | 슬픔

어느 날 갑자기 제자가 세상을 떠났다. 담임을 맡았던 학생은 아니지만 주 3시간 체육 수업에 들어가며 마주하고 가르쳤던 학생이었다. 다은이는 평소 기저질환이 있었다. 정확한 질환이 무엇인지는 몰랐지만, 왜소한 몸에 위태위태한 걸음걸이를 보면 아이의 몸 상태가 어느 정도인지 짐작할 수 있었다. 평소 보행할 때는 벽에 있는 안전봉의 도움을 받거나 교사의 손을 잡고 이동했다. 인지능력이 높지 않아 신변처리를 포함한 전반적 지원이 필요한 학생이었다.

그렇지만 다은이는 늘 씩씩한 아이였다. 겉으로는

연약하고 여린 외모로 주변의 걱정을 샀지만, 언제나 거침없는 행동과 활기찬 모습은 마치 대장부 같아서 나와 주변 사람들을 웃음 짓게 했다. 스스로 걷는 연습을 하겠다며 워커(보행 보조 기구)를 활용하는데, 본인보다 커다란 워커에 몸을 성큼 실어 시원시원하고 당차게 걷는 모습을 나는 아직도 기억한다. 다은이는 수업에 적극적이었다. 새로운 활동에 대한 호기심이 많았고 어려운 과제가 주어져도 쉽게 포기하지 않았다. 오히려 끝까지 해내겠다는 의지가 강했다. 넘어질까 봐 조심스러워하는 주변의 걱정과 달리 오히려 다은이의 움직임은 힘차고 생기가 느껴졌다.

다은이는 작은 거인 같았다. 누구보다 힘차게 도전하는 모습으로 친구들에게 용기를 주었고 그런 순간이 쌓이며 수업 분위기는 자연스럽게 다은이를 중심으로 활기차게 형성되곤 했다. 다은이는 코로나19 상황으로 침체된 체육 시간에도 변함없는 열정으로 도전과 웃음이 가득한 수업을 만들어 주곤 했다. 다은이가 몸을 움직이는 순간만큼은 누구보다 자유로워 보였다. 다은이 덕분에 즐거웠고 나에게도 종종 배움의 시간이 되었다.

다은이가 병원에 입원했다는 소식을 들었을 때, 담임이 아닌 나는 자세한 속사정까지 듣지는 못했다. 아파서 어떤 수술이 필요하다는 정도만 알았다. 다은이가 결석하기 시작하고, 기약 없는 기다림이 시작되었다. 장애 학생은 치료 지원이나 병원에 갈 일이 잦으므로 언젠가 오겠지 하고 기다렸다. 그렇게 하루, 이틀… 시간이 지났다. 다시 보게 될 터프함을 기대하며 건강해져서 돌아오기를 바랐다.

그렇게 다은이를 기다리던 중 갑작스러운 부고 소식이 들려왔다. 돌아올 거라고 믿었던 터라 더욱 소식을 믿기 어려웠다. 제자의 죽음은 대체 어떻게 받아들여야 하는 걸까. 차라리 예견된 죽음이었다면 억지로라도 삼키려 했을 텐데, 그러지 못해 마음이 어려웠다. 생각의 실타래는 꼬여만 갔다. 아무리 생각해 봐도 다은이는 세상을 너무 일찍 떠났다. 돌아볼 시간보다 바라볼 시간이 넘치는 나이였다. 다은이는 앞으로 더 발전할 수 있고 경험할 것이 많은 학생이었다. 하지만 결국 떠나고 말았다. 다은이와 다은이 부모님이 받은 고통과 두려움을 감히 예상하려 들지는 않았다. 예상은 커녕 대체 그동안 어떤 일이 있었는지 가늠할 수도 없었다. 서른 남짓의 나는, 죽음이 낯설기만 했다.

빈소에 얼른 가 봐야겠다는 생각이 앞섰다. 계획된 일정을 얼른 마치고 아내와 부랴부랴 나섰다. 운전하는 차 안에서 나는 무거운 공기가 온몸을 짓누름과 동시에 한시라도 빨리 가야 할 것 같은 마음이 부딪치며 가슴이 답답해졌다. 그렇게 장례식장에 도착은 했지만, 선뜻 발걸음이 안 떼어졌다. 나는 그곳에 가서 다은이와 마지막으로 어떻게 인사를 해야 할지 막막했다. 다은이의 부모님 앞에서 어떤 위로를 건넬 수 있을지 어찌할 바를 몰랐다. 머릿속이 정리되지 않은 채 천천히 빈소 안으로 들어섰다. 나는 전광판에 있는 다은이의 이름과 영정 사진을 보고 그제야 죽음이 실감 났다. 피어오르는 향 뒤의 다은이는 평온한 표정을 짓고 있었다. 다은이에게 마지막 인사를 하다가, 함께했던 기억들이 떠올라 목이 메었다. 그곳에서는 더 이상 아프지 않고 평온하기만을 바랐다.

"와주셔서 감사합니다."

"…"

다은이 부모님의 감사하다는 말에 입이 안 떨어졌다. 무언가 말을 하고 싶었지만, 씁쓸한 표정만 작게 지을 수 있을 뿐 입술에 경련이 일어나서 아무 말도 하지 못했다. 준비했던 진부한 말들조차 떠오르지 않았다. 어수선하고 어리둥절한 상태로 제정신이 아니었다. 몇 가지 기억하는 건 새벽의 고요함처럼 적적한 분위기, 그리고 알 수 없는 표정을 짓고 계신 다은이 부모님의 얼굴이었다.

시간이 흐르고 나는 또 한 번 제자의 죽음을 맞이했다. 그 제자는 휠체어를 타고 다니던 학생으로 다은이처럼 어떤 기저질환을 앓고 있었다. 그의 웃음은 언제나 밝고 활기찼다. 친구들과 교사들 사이에서도 리액션이 좋기로 유명한 학생이었다. 수업 중에는 웃는 얼굴로 친구들의 장난에 적극적으로 반응하며 작은 것에도 크게 웃고 즐거워했다. 그런 모습은 주위 사람들에게도 큰 힘이 되었고, 그의 긍정적인 에너지가 모두에게 전염되었다.

나는 제자의 죽음에 결코 익숙해질 수 없었다. 그가 남긴 밝은 웃음과 따뜻한 존재감은 내 마음속에 깊이 새겨졌고, 이제는 희미한 잔상처럼 내 안에 머물렀다. 나는 진지하게 그들의 건강에 대해 고찰해 볼 필요가 있다고 생각했다. 그들의 삶을 더 잘 이해하고, 더욱 세심하게 배려할 수 있는 방법을 찾아야만 했다.

과거를 떠올려 보니 우리 집 상황도 크게 다르지 않았다. 형은 건강한 듯 건강하지 않았다. 건강하다고 생각하게 된 근거는 다름 아닌 '잘 먹는다는 것'이었다. 식사할 때마다 반찬 투정 한번 없이 남기는 일이 없었고, 밥을 가운데부터 파먹는 버릇 때문에 먹고 나면 밥 모양이 늘 화산 분화구처럼 되어 있기도 했지만, "밥, 밥 더 줘"하는 소리와 함께 한 그릇 더 달라는 일이 잦을 정도로 식욕이 왕성했다. 밥을 잘 먹을수록 건강하면 좋겠지만 형은 그렇지 않았다. 건강하지 못한 곳은 다름 아닌 치아였다. 도대체 언제부터 세균이 침투했는지 모를 형의 입 안은 구석구석 새까맣게 물들어 있었다.

우리 가족은 방심했었다. 그래도 이 정도면 형이 양

치질에 최선을 다하고 있다고 생각했다. 윗니와 아랫니, 어금니를 구석구석 빈틈없이 깨끗하게 닦을 수 있을 정도는 아니지만 적어도 치약에 칫솔을 묻혀 왼쪽 아랫니라도 열심히 닦으려는 노력으로 충분하다고 생각했다. 그러나 형에게 양치질이란 수수께끼처럼 어렵기만 한 모양이었다. 시범도 보여주고 손도 잡아가며 이쪽저쪽 골고루 닦으라고 수도 없이 말했지만 형은 좀처럼 감을 잡지 못했다. 닦지 못한 나머지 부위는 가족들이 도와주기도 했지만, 그 행위를 하루에 세 번씩 매번 돕기에는 솔직히 무리가 있었다. 모두가 분주한 아침은 아침대로, 해가 지면 피곤한 저녁은 저녁대로, 그렇게 늘 빈틈없이 형을 챙기며 도와주는 건 절대 쉽지 않았고 번거로운 일이었다. 양치하는 걸 봐주면서도 '이 정도면 됐지'라며 어물쩍 넘기는 일이 빈번했다.

그 사이 형은 우리가 모르게 아픔을 견디고 있었다. 그러다 견디다 못해 정말이지 안 되겠는지 엄마에게 몸짓으로 표현했다. 형은 눈물을 글썽거리곤 검지로 오른쪽 빰을 가리키며 엄마에게 얼굴을 들이대었다. 아파서 죽겠다는 표정이었다. 엄마는 그제야 뭔가 잘못됨을 느끼고 형을 데리고 허겁지겁 치과를 갔지만 헛수고였다. 형이 가만히 있을 리가 없었다. 은은한 소독약 냄새를 맡으며 금속을 가르는 듯한 드릴 소리와 시리는 고통은 역시나 형이 견딜수 없는 것이었다. 엄마는 수소문 끝에 장애인을 위한 치과가 있다는 걸 알게 되었다. 그곳은 전신마취를 통해 진료할 수 있다는 곳이었다. 거리도 멀고 비용도 많이 들지만, 엄마는 문제 삼지 않았다. 형의 고통을 덜어줄 방법만 있다면, 그깟 부수적인 문제는 문제도 아니었다.

하지만 지나간 시간을 되돌릴 수는 없었다. 형의 치아 상태는 이미 치료할 수준을 넘어섰다. 의사는 고개를 저었고 엄마와 나는 형에게 마음이 쓰였다. 진즉에 말 좀 하지 그랬느냐고 탓을 돌리기엔 우리가 생각해도 억지스러웠다. 형에게 양치질을 어설프게 알려준 대가라고 생각했다. 형은 왜 치아가 아팠는지, 왜 치아를 통째로 뽑아야만 했는지 이해할 수 없었을 것이다. 형을 좀 더 세심하게 돌보지 못했던 시간을 떠올리면 아직도 후회스럽기만 하다.

장애는 또 다른 아픔에 좀 더 쉽게 노출되게 만들 수 있다는 걸 알았다. 물론 모든 장애가 그런 것은 아니지만, 특수학교에서 교사로 일하면서 이들이 사회의 사각지대에 놓이기 쉬운 환경에 있다는 것을 실감했다. 장애로 인한 기저질환이든 적절한 건강 관리와 치료 부족으로 인해 발생한 것이든 상관없이 말이다. 내가 근무했던 특수학교 교장 선생님이 항상 강조하신 점도 건강이었다. 아이들의 수업이 중요하냐 건강이 중요하냐를 물었을 때 1초도 고민 없이 건강이 중요하다고 하셨다. 특히 요보호 학생 명단을 통해 아이들의 건강 상태를 함께 살피고, 안전사고 발생 시 대처 방법이나 알레르기, 간질 발생 등의 유의할 점을 교사들끼리 공유하여 아이들이 건강하고 안전하게 학교에 다닐 수 있도록 노력하셨다.

마음이 헛헛하다. 다은이 부모님은 어떤 마음이었을까. 다은이에 대한 미안함, 죄책감, 그리움 같은 감정 속에서 너무 힘들게만 보내신 건 아닐까. 내가 좀 더 다은이에게 관심을 가졌어도 크게 달라진 건 없었을 수 있지만, 적은 시간이라도 보탰으면 좋았겠다는 생각이

든다. 만약 그랬더라면 그들이 겪는 무게가 아주 조금이라도 가벼워지고 작은 위로가 되었을 수도 있지 않을까. 장애로 인한 죽음의 아픔이 더 깊어지는 일은 정말 없었으면 좋겠다.

스스로 일상생활의 어려움을 감내하는 이들에게 진정으로 필요한 것은 단순히 물질적인 지원이 아닌, 그들의 관점에서 고민하고 행동하는 자세이다. 무엇이 불편하고 어려운지 귀 기울이고 그 불편을 조금이라도 덜어주기 위한 작은 관심과 행동 하나하나다. 이런 배려가 일상적인 태도로 자리 잡는다면, 장애인과 비장애인이 함께 더 편안하고 조화롭게 살아갈 수 있지 않을까 생각해본다.

밝은 그늘

오늘의 단어 | 우려

희망찬 포부로 특수교육에 열정을 다하던 시절, 나는 내년에 개교할 예정인 신설 특수학교의 개교 전담 TF Task Force Team팀에 지원하며 새로운 특수학교의 첫 시작을 준비했다. 모랫바닥에 콘크리트 골조부터 세워져 있는 뼈대 건물에 안전모를 쓰고 들어갔는데, 마치 신혼집을 구경하는 것처럼 설렜던 기억이 있다. 학교 교가, 교표, 학교 간판 글씨체부터 시작하여 계단의 미끄럼방지 라인 색깔까지. 학교설립에 필요한 대부분을 우리 TF팀 협의에 거치지 않은 게 없었지만 그중 예외가 있었다. 학교명이었다. 학교명은 TF팀이 마음대로 정하는 것이 아니었다. 공모를 통해 후보가 추려지고 선정된 위원들의 투표로 최종 결정되는 과정을 거쳤다. 그러던 어느 날 엄마가 나에게 물었다.

"새 학교 이름이 뭐야?"

"OOOO 학교"

"이름이 그게 뭐야? 그게? 태양 학교로 짓지!"

"태양? 엄마는 무슨 촌스럽게, 갑자기 무슨 태양이야."

"태양이 왜 뭐 어때서? 안 그래도 구석진 학교, 이름이라도 밝게 지어야지."

훅 들어오는 엄마의 날선 발언에 나는 잠깐 멈칫했지만, 엄마가 알면 얼마나 알겠냐는 듯 무시하는 말투로 학교 이름이 정해지는 절차를 운운했고, 대화는 급하게 마무리됐다. 엄마와 나의 대화는 늘 그랬다. 마치 불이 난 것처럼 강하고 뜨거운 엄마의 큰소리는 나를 논리정연하고 단호하게 만들곤 했다. 필사적으로 불을 끄는 사람처럼 말이다. 대부분의 대화 패턴은 이런 식이었기 때문에 그날도 역시 엄마와 나는 서로 질려하며 무심하게 돌아서곤 했는데, 이번엔 어찌 된 일인지 대화의 여운이 길게 남았다.

정말이지 촌스럽다고 생각한 단어가, 과학 시간에만 쓸 것만 같은 그 태양이란 단어가, 내 마음 한구석 차갑게 고여 있었다. 엄마가 무심코 뱉은 말에는 그늘진 낯빛과 함께 마음 한쪽 구석에 짙은 어둠과 내가 듣고 보지 못한 상처와 아픔이 느껴졌다. 나는 흥분이 깃든 엄마의 말을 이해해 보려고 노력했다. 내가 어려서 기억하지 못하고 미처 보지 못한 수많은 일이 존재했을 거라고 말이다. 엄마에게 특수학교란 형을 위한 하나의 희망이었지만 어떤 사람에게는 그렇지 않았다.

우리가 어렸을 때부터 엄마는 장애가 있는 형의 어려움을 조금이라도 덜어내겠다는 일념 하나로 교육과 치료에 몰입했다. 형이 더 나은 삶을 살 수 있도록, 어떻게든 형의 잠재 가능성을 최대한 끌어내고자 노력했다. 형이 조금이라도 혼자 할 수 있는 게 많아지고 말을 조금이라도 더 잘할 수 있게 된다는 보장만 있다면 엄마는 어떤 고생이든 마다하지 않았다. 잠을 덜 자고, 손이 닳고 손가락이 굽어져도, 그 고생으로 실낱같은 빛을 발할 수만 있다면 그깟 고생은 고생이 아니라고 생각했다. 나는 살면서 엄마가 피곤하다는 말을 한 것을 단 한 번도 본 적이 없었다. 특전사가 따로 없었다. "안 되면 되게 하라! 못 할 게 뭐가 있어, 하면 되지." 군인 정신으로 똘똘 뭉쳐있던 엄마였다.

하지만 엄마의 마음만으로 해결되지 않는 현실적인 한계가 곳곳에 존재했다. 형이 필요로 하는 교육은 일반 학교에 없었다. 일반 학교는 장애 학생을 위한 교육에 충분한 지원을 제공하지 못한다는 현장의 대답처럼 엄마의 판단도 그 방향으로 나아갔다. 일반 학생이 주를 이루고 선생님이 여러 학생을 동시에 돌보는 환경 속에서는 형의 개별적인 요구를 충족시키기가 어렵다는 것이 명확했다. 엄마는 그런 현실을 직시하고 형이 필요한 교육을 제공할 수 있는 공간이 절실히 필요하다는 걸 느꼈다. 그래서 결국 형은 좀 더 개별적이고 집중적인 교육을 받을 수 있는 특수학교로 가게 되었다. 장애 학생이 다니는 특수학교, 당시 그 이름만 들어도 내겐 범상치 않고 특이한 학교였지만, 엄마에겐 형의 미래를 위한 유일하고 소중한 공간이었다.

"어디 학교 다녀?"

주위에서 자주 듣는 단골 질문이었다. 특히 엄마와 아빠에게 더 자주 날아오는 질문이었다. 주변 어른들은 왜 그렇게 남의 가정사가 궁금한지 의문이었다. 어디 사는지, 어디 학교 다니는지, 어디 학원 다니는지, 학교에서 몇 등을 하는지까지 끝도 없이 캐물었다. 마치 그 모든 것들이 그 사람을 정의하는 중요한 정보인 양 아무런 거리낌 없이 물어보는 상황이 자주 닥쳐왔다. 그런데 그 질문이 형에게 향할 때마다 나는 속이 불편했다. 형이 다니는 학교가 다른 이들에게는 낯설고 이해하기 힘들다는 걸 그들의 반응을 보고 알게 되었다.

"특수학교 다녀요. 특수학교"

"특수학교?"

엄마와 아빠는 어색한 웃음을 지으며 대답했다. 1초도 채 되지 않는 짧은 순간이었지만 그 자리의 사람 모두가 멈칫하는 것을 나는 분명 느낄 수 있었다. 잠깐의 정적이 흘렀고 그들은 한 걸음 물러선 듯한 표정을 짓곤 했다. 그들의 시선은 무언가 의문을 품은 채 형에게 쏠렸고, 마음속에 이미 어떤 판단이 내려졌음을 읽을 수 있었다. 한순간에 형은 그들의 시선 속에서 다른 존재로, 조금은 특별한 존재로 분류된 듯했다. 그리고 당황하지 않은 척 애써 수습하려는 듯, "그런 학교가 있었냐."는 말이 나왔고, 그 후에는 얼버무리는듯한 응원과 격려의 말을 덧붙였다. 그제야 그들은 더 이상 캐묻는 걸 그만뒀다. 그때부터는 형에 대한 관심은 어딘가 미지근해지고, 예의상으로만 남은 걸 느낄 수 있었다. 나는 그들이 형을 어떻게 생각할지, 여전히 마음 한켠에 자리 잡은 불안한 기분을 떨쳐내기가 어려웠다.

그래서인지 우리 가족에게 특수학교란 하나의 이상한 족쇄가 됐다. 특수학교에 다닌다는 이유로 형의 존재가 더 작아지는 것 같고, 마치 형을 어떤 수용소에 격리한 것처럼 반응하는 사람들이 있을 때마다 괜히 죄를 짓는 기분이었다. 특수학교도 대상만 다를 뿐 학생을 가르치는 교육기관이고 여느 학교와 다르지 않다며 부연 설명하고 싶었지만, 기회가 잘 오지 않았다. 그들은 특수학교가 어떤 곳이며 왜 필요한지는 별로 궁금해하지 않는 것 같았다. 특수학교라는 말을 들었을 때 대부분 눈빛은 이미 선을 그어버린 느낌이었다. 사람들에게 특수학교란, 장애인을 따로 떼어 놓는 공간 그 이상으로 느껴지지 않는 것처럼 보였다. 그 눈빛에 나는 무력감을 느꼈고 형과 형이 다니는 특수학교를 숨겨야만 할 것 같았다.

나중에야 알게 됐다. 특수학교 설치가 님비(NIMBY: Not In My Back Yard) 현상으로 작용하고 있다는 것을. '내 뒷마당에는 안 된다.'라는 의미를 지닌 님비 현상은, 사회적으로 필요하거나 유익한 시설이지만 자기 집이나 지역 근처에는 설치를 반대하는 현상을 말했다. 공공의 이익보다는 자신의 이익과 불편을 우선시하는 태도를 반영하는 현상인데, 잘못된 편견과 오해로 인해 특수학교 님비 현상이 작용하고 있다는 사실을 꽤 오랜 시간이 지나고 나서야 알게 됐다.

그래도 이 정도일 줄은 몰랐다. 특수학교가 집 근처에 들어선다는 이유로 집값이 내려간다며 머리띠까지 싸매고 반대하는 사람들이 존재한다는 뉴스 기사는 나에게 꽤 충격적이었다. 님비 현상을 인터넷에 검색해 보니 보통은 쓰레기 소각장과 공동묘지, 방사능 폐기장

등이 예시로 쓰여 있었다. 나는 특수학교가 그와 같은 선으로 인식 받는 것 같아 가슴이 답답해졌다. 장애 학생이 어디서든 환영받지 못하는 존재가 되고, 장애 학생이 배울 수 있는 권리가 좁아지는 것 같아 마음이 무거워졌다.

특수학교를 배척하는 인식은 결국 한 사건으로 이어졌다. 서울시 강서구 가양동에 있는 '서울 서진학교 설립'이 현대판 특수학교 님비 현상의 대표 사례로 자리 잡은 것이다. 특수학교를 지어달라고 무릎을 꿇고 눈물로 호소하는 학부모들의 모습은 다른 의미의 명장면이 아닐 수 없었다. 강서 지역에 특수학교를 설립한다고 발표한 건 2013년이지만, 많은 우여곡절 끝에 서진학교는 2020년 3월 개교할 수 있었다.

이 과정에서 특수학교를 건립하고자 하는 교육청과 학부모의 의견과 맞서 국립 한방 병원을 건립하고자 하는 의원, 지역 주민의 의견이 첨예하게 대립했다. 강서구 주민은 특수학교를 반대하지는 않지만, 강서 지역 특수학교를 반대하며 지역의 특성에 맞는 국립 한방 병원 건립의 필요성과 장애인 밀집 지역으로 인한 집값 하락 우려를 주장했다. 지역 주민의 입장이 일부 이해는 되지만, 자신이 사는 지역에 득보다는 실이 될 것 같은 특수학교보다 지역 이미지와 경제를 살려줄 것 같은 한방 병원 설립을 주장하는 것은 특수학교에 대한 잘못된 편견이 작용한 결과가 분명했다. 서진학교가 설립되기까지 모든 과정을 담은 다큐멘터리 영화 〈학교 가는 길〉은 강서구 주민도 보게 만드는 의미 깊은 영화가 됐다.

비단 특수학교 설립 문제뿐만이 아니다. 일반 학교 내 장애 학생이 수업받을 수 있는 '특수학급' 설치도 오래전부터 난항을 겪어 왔다. 〈장애인 등에 대한 특수교육법〉 제27조, 특수학교의 학급 및 각급 학교의 특수학급 설치 기준에 따르면 특수교육대상자가 1명만 있더라도 특수학급을 설치하여야 하는 의무를 지닌다. 하지만 현실에서는 일반 학교장에게 특수학급 설치를 요구하면 유별난 학부모로 취급받는 것이 보통이다. 특수교사가 설치를 요구하면 떼쓰는 격으로 취급받는 사례도 어렵지 않게 보고 들을 수 있다. 특수학급 신설 또는 증설을 요청하면 학교에서는 교실 수가 부족하다는 등의 이유를 호소한다. 교육청에서는 증설하고 싶어도 교육부에서 정해주는 교원 수급이 부족하여 학급을 증설하기 어렵다는 입장을 내놓는다. 이유를 막론하고 단순히 특수학급은 일반 학교 내 '귀찮은 존재', '장애 학생은 사고만 안 쳐도 다행'이라는 인식을 가진 관리자도 심심찮게 볼 수 있었다.

사람들에게 특수학교와 특수교육은 어떤 의미일까? 부득이한 상황을 이해하지 못하는 건 아니지만, 학생 한 명 한 명을 위한 소중함과 중요성을 진심으로 알고 헌신적으로 노력하는 교사들의 진정한 가치는 종종 제대로 인식되지 않는 것 같아 아쉽다. 특수교육은 '해줘야 하는 교육'이 아닌 '해야 하는 교육'이라는 점에서 더 많은 관심과 노력이 필요해 보인다. 그 중요성은 아무리 강조해도 지나치지 않는다고 생각한다.

특수학교가 외진 곳에 숨겨져 있는듯한 어두운 그늘에서 벗어나 여느 학교처럼 평범하고 자연스러운 일상의 일부분으로 받아들여지길 바란다. 언젠가는 그런 변화가 이루어질 것이라 믿고 싶다. 더 이상 '특수'라는 말이 다른 사람을 구별 짓는 단어가 아니라, 모든 사람이 함께 공유할 수 있는 교육의 영역으로 확장되는 세상이 왔으면 좋겠다. 누구나 다닐 수 있고, 누구나 자유롭게 오갈 수 있는 학교, 시원한 나무 그늘처럼 편안하고 포용적인 공간에서 모든 학생이 당당히 다닐 수 있는 그런 학교가 되었으면 좋겠다. 부디 모두의 학교가 될 수 있기를 기다리며 희망해 본다.

Chapter ●●●

닮아가는 시간

새로고침

오늘의 단어 | 사랑 ♥

정말 이렇게 될 줄은 몰랐다.

배움은 깊이를 더했고, 즐거움은 뜻밖이었다.

되돌아보니 그 모든 순간이 깊이 스며들어 있었다.

익숙했던 것들이 새롭게 보였고,

스쳐 지나갔던 것도 다른 의미를 가졌다.

그렇게 쌓인 시간이 나를 조금씩 변화시켰다.

내가 1호인 줄 알았지

오늘의 단어 | 오만 ↗

나는 확신이 서야 움직이는 사람이다. 비록 시간은 오래 걸리지만 한 번 서게 된 확신은 내 삶의 원동력과 다름없었다. 장애가 있는 형을 보며 방황했던 시절을 지나, 사춘기가 막 지나갈 무렵 내 존재의 의미가 정립되었다. 튼튼한 연결고리가 되어보자는 결의와 더 좋은 세상을 만들겠다는 자신감, 그리고 남들과 다른 나의 삶이 특별하다고 여기는 자부심이 똘똘 뭉쳐 단단한 신념을 만들었다. 그렇게 나는 흔들림 없이 갈 길을 정했고, 그 길 위에서 나만의 의미를 찾아가기 시작했다.

나만큼 사연 깊은 사람은 드물 거라고. 내가 봐도 내

인생이 참 기구해 보이고, 버겁게 느껴졌다. 하지만 그래서 특별하다고 여겼다. 형의 장애로 인해 겪어야 했던 감정의 소용돌이와 흔들리는 가족, 그리고 나만의 방식으로 버텨야 했던 시간. 그 모든 것이 나를 유일한 존재로 만들었다고 믿었다. 나는 나에게 주어진 역할이 따로 있다고 믿었고, 특별함이 내 삶의 증명이라도 되는 것처럼 행동했다. 하지만 특별하다는 믿음은 무기 형태로 변질되고 있었다.

언제부턴가 그 믿음은 내 선택에 동기와 목적을 부여해 줄 명분이 되었다. 많고 많은 대학과 전공 중 특수교육학과를 선택하게 된 까닭도 내가 특별하다는 믿음 때문이었다. 형과 함께한 시간이, 그 시간 속에서 내가 겪은 감정과 고민이 나를 특별하게 만들었고 그 경험이 나를 특수교육학과로 이끌었다고 생각했다. 마치 그것만이 내가 가야 할 길인 것처럼, 내가 선택한 것이 아니라 정해진 운명인 것처럼 여겼다. 전국에 특수교육학과가 있는 대학교를 찾아 학교 내신 성적으로 합격 가능성이 있는 대학에 지원했다. 지원한 학교 면접을 갈 때마다 적어도 미적지근한 계기로 대학에 지원한 사람들보다 강력한 지원 동기를 가진 내가 더욱 빛나 보일 것이라는 묘한 우월감을 느끼곤 했다. 남들은 쉽게 이해할 수 없는 세계를 나는 이미 알고 있다는 생각으로 면접관이 질문을 던질 때마다 정해진 답을 알고 있다는 듯 막힘없이 대답했다. 장애가 있는 형을 가장 가까운 자리에서 지켜보며 느꼈던 감정과 생각을 표현했고, 그러한 경험이 나를 특수교육으로 이끌었다는 논리를 자신감 있게 풀어냈다. 나는 내 이야기에 설득력이 있다고 확신했다. 억지로 쥐어 짜낸 이야기가 아닌 직접 살아내며 겪은 이야기이기 때문에 이 세계의 한가운데 위치해 특수교육을 공부하기에 그 누구보다 잘 이해할 수 있으며 적합한 사람이라고 생각했다.

하지만 결과는 처참했다. 자신 있게 지원한 대학에서 합격 통보를 받지 못했다. 처음엔 현실을 받아들이기가 어려웠다. 혹시 모를 다른 이유와 가능성은 철저히 배제한 채, 경험과 이야기가 설득력 있다고 믿었는데 아무도 나는 선택하지 않은 이유를 궁금해했다. 떨어진 이유는 그저 부족한 성적 때문이라고 믿고 싶었다. 나는 불합격이란 세 글자에 갇혀 알 수 없는 억울함에 몸을 틀어잡고 있었다. 치열하게 살아온 나의 삶이 아무에게도 인정받지 못하는 것 같아, 마음속 깊은 곳에서 허탈함이 밀려왔다.

하지만 며칠 뒤, 추가 합격 통지를 받았다. 대기 번호 4번이었던 학교에서 운이 좋게 내 차례가 온 것이다. 좌절의 끝에서 나아갈 길을 고민하던 순간 찾아온 이 소식은 마치 기적 같았다. 망설일 틈도 없이 곧바로 합격 의사를 밝혔다. 불합격의 충격에서 벗어났다는 안도감과 함께 내 선택에 대한 확신도 되찾는 기분이었다. 그리고 다시 한번 스스로 되새겼다. 이제 나는 이곳에서 누구보다도 확고한 이유와 뚜렷한 목적을 가진 학생 중 하나가 될 것이라고.

학교 가는 날이 그저 즐거웠다. 비몽사몽으로 일어나 통학버스에 타고 나면 오늘은 또 어떤 일이 일어날까 기대됐다. 멀미에 지독하게 취약한 내가 왕복 세 시간의 고통을 견딜 수 있었던 것도 그 즐거움과 기대 덕분이었다. 그곳에서는 내 이야기가 자연스럽게 스며드는 듯했다. 마치 드라마 속 주인공이 된 것처럼 모든 게 내 삶과 연결된다는 느낌이 들었다. 수업 내용 하나하나가 내 경험과 맞닿아 있었고, 때론 강의실에서 교수님과 단둘이 깊은 대화를 나누는 듯한 몰입감에 빠지기도 했다. 그렇게 나는 내 삶의 조각들을 하나씩 꺼내 맞춰가는 중이었다.

하지만 그 기분은 오래 가지 않았다. 점점 커지던 나의 확신이 와르르 무너지는 사건이 벌어졌다. 4월 20일, 장애인의 날을 맞아 교내 행사로 다양한 체험 부스가 운영되었고, 우리는 수화 공연을 준비하게 됐다. 그런데 문득 생각해 보니 정작 나는 수화에 대해 아는 것이 아무것도 없다는 것을 깨달았다. 장애에 대해 누구보다 잘 알고 있다고 믿어왔던 나였기에 그 사실이 충격적으로 다가왔다. 우습게도 나는 지금껏 장애라는 범주를 너무도 협소하게 바라보고 있었다. 내 머릿속의 '장애'란 오직 형에게 해당하는 지적장애와 자폐 스펙트럼 장애뿐이었다. 그 외의 장애에 대해 무지했던 내 모습이 한없이 부끄럽게 느껴졌다.

머릿속이 새하얘졌다. 나의 손과 팔은 갈 길을 잃고

허공을 젓고 있었다. 동기 중에는 수화에 익숙한 친구도 있었고, 선배들은 이미 유창한 수준이었다. 반면 나는 옆에 있는 동기나 선배의 눈치를 보곤 한 글자 한 글자를 겨우 따라 하기 급급했다. 그런 내 모습을 보며 나에게 장애를 안다고 말할 자격이 있었는지 묻게 되었다. 형과 함께한 시간만으로 장애를 안다고 말하기엔 내가 아직 모르는 세계가 더 많다는 걸 알게 되자 그동안 품어왔던 생각들에 손발이 오그라드는 기분이었다.

동기들과 선배들에 대해 알아갈수록 나의 오만함이 느껴졌다. 함께 입학한 동기 중에는 스물다섯살부터 많게는 스물아홉살까지도 있었다. 어떤 형들의 사연은 내 것과 비교할 수 없게 구체적이고 진정성 있게 느껴졌다. 사회복무요원으로 특수학교에 근무하며 특수교육의 매력을 느끼고 공부하기로 결단한 사람도 있고, 장애인 복지시설에서 봉사하며 삶의 의미를 새로이 깨달은 사람도 있었다. 저마다 이 길을 선택하기까지 지나온 시간이 정말 멋지게 보였다. 과연 나는 저 형들처럼 다른 직업을 하다가 이 길을 택할 만큼 확신이 있었는가에 대해 물음표가 지어지며 그동안 내가 알고 있다고 믿었던 것들이 얼마나 얄팍했는지 비로소 알 수 있었다.

나는 그렇게 조금씩 주변을 둘러보기 시작했다. 선배나 동기 중에서도 나처럼 비장애 형제로서 이 길을 선택한 사람도 있었고, 스스로 장애를 지닌 채 이 길을 걸어온 선배도 있었다. 그제야 내가 우물 안 개구리처럼 내 눈에 비친 세상이 전부라고 생각했으며, 스스로 특별하다고 느꼈던 이유는 오직 나의 경험에 갇혀 있었기 때문이라는 것을 깨달았다. 내 선택이 결코 독특하거나 유일한 것이 아니었음을 인정하는 순간, 그동안 내가 얼마나 좁은 세상 속에 머물러 있었는지 보였다. 내가 겪은 시간과 그 속에서 느낀 감정들은 삶을 이끌어온 중요한 요소였다. 하지만 그보다 더 중요한 것은 그 시간이 나에게 어떤 변화를 불러왔으며 그것을 어떻게 삶에 녹여냈는가 하는 것이었다.

나는 새로운 의미 속에서 학교생활을 이어가게 되었다. 같은 뜻을 품은 한 사람 한 사람이 더 이상 당연하게 느껴지지 않았다. 학교생활을 더욱 즐겁고 소중한 마음으로 순간을 간직하고 싶어 카메라로 사진을 찍기 시작했다. 노란색 학과 티셔츠와 점퍼를 입은 우리들의 모습이 카메라 안에 차곡차곡 쌓여갔다. 행사 준비로 분주하고 활기찬 손길들, 자원봉사 활동으로 서로를 이해하고 교감하는 따뜻한 순간들, 함께 친목을 다지며 웃고 떠드는 장면들을 보고 있으면 내가 이곳에서 존재하는 의미가 마음 깊이 스며들었다.

참 다행이라고 생각했다. 내가 걸어온 길의 끝에 꿈을 펼칠 수 있는 정착지가 있어 준 것이. 그리고 그 길이 나 혼자만의 길이 아니라 수많은 이들의 발자국과 함께 이어지고 있었다는 사실이 감사했다. 이제는 조금은 알 것 같았다. 이 길이 내 운명이어서가 아니라, 내가 선택하고 걸어왔기에 의미가 있다는 것을. 그래서 앞으로도 계속 걸어가기로 했다. 함께했던 모든 시간과 사람들, 그리고 그 속에서 발견한 나 자신을 마음 깊이 새기면서.

늦은 외출

오늘의 단어 | 기쁨 ♪

형의 표정은 늘 닫힌 문 같았다. 어떤 감정이든 무덤덤한 표정 너머에 가려져 있어 눈에 보이지 않았기 때문이다. 마치 잔잔한 호수처럼, 물결조차 일지 않는 무덤덤한 표정은 내게 물음표를 던졌다. 그 오묘하고 신기한 표정을 가만히 들여다 보고 있으면, 어딘가로 가라앉는 듯한 기분이 들었다. 깊이를 알 수 없는 물속으로 천천히 가라 앉아, 손을 뻗어도 닿을 수 없을 만큼 형과 나 사이에 거리감이 생기는 것 같았다. 형의 감정이 궁금해 질문을 던지는 일은 흔한 일이었다. '좋아? 싫어?' 와 같은 단골 질문에 형은 긍정이나 부정으로 짧게 답했지만, 그게 정말 형의 진심인지, 정답인지는 오직 형만이 알고 있었다.

그중에도 가장 맞추기 어려운 고난도 감정은 기쁨과 즐거움이었다. 인생은 희로애락이란 말이 형 앞에서는 무색할 정도로, 형에게 기쁘고 즐거운 일이 없는 것 같았고, 그런 감정을 느끼기는 하는건지 의문이 들었다. 대신 격렬하게 솟구치는 감정은 쉽게 읽을 수 있었다. 그것은 바로 형의 애착이었던 콜라에 대한 감정이었다. 콜라를 갖지 못했을 때의 분노와 슬픔은 온몸으로 표출되었기 때문에 너무나 쉽게 형의 감정을 알 수 있었다. 형의 눈은 촉촉하면서도 불타고 있었고, 질끈 깨문 입술과 꽉 쥔 주먹으로 분명하게 자신의 감정을 말하고 있었다. 반면에 그토록 원하던 콜라를 쟁취했을 때 형의 표정이 기쁘거나 즐거워 보이지도 않았다. 그저 타올랐던 불이 스르르 가라앉으며 언제 그랬냐는 듯 공허해지고 건조한 표정으로 되돌아왔다.

그래도 형이 행복하다고 짐작할 수 있는 순간이 한 가지 있긴 했다. 형과 엄마가 외출하고 돌아올 때였다. 신발을 벗으며 들어오는 형의 모습에는 어딘가 흥겹고 가벼운 기운이 감돌았다. 집 안으로 향하는 밝고 경쾌한 걸음걸이에는 분명 기쁨과 즐거움이 묻어 있었고, 나는 그 순간만큼은 형이 즐거웠을 거라고 생각했다. 하지만 그것은 어디까지나 내 짐작일 뿐이었다. 형이 정말 외출을 너무 좋아해서 그런 걸까, 아니면 밖에서 특별한 일을 겪어서일까, 어쩌면 그저 우연히 스친 생각이 만들어 낸 아무런 근거 없는 착각이었는지도 모르는 일이었다.

나는 형의 감정을 짐작하기까지 너무 오랜 시간이 걸렸다는 사실을 뒤늦게 깨달았다. 되돌아보니 나는 형과 단둘이 외출한 기억이 없었다. 아주 어릴 때야 엄마와 형, 셋이 다니는 일이 종종 있었지만, 나이가 들수록 상황이 달라졌다. 형과 보내는 시간은 점점 줄어 들었고 학교 친구들과 어울리는 일이 내 세상의 더 많은 부분을 차지하게 되었다. 어렴풋이 알고 있었다. 엄마와 아빠는 언제나 한결같이 형을 대했지만, 나는 그렇지 않다는 것을. 형과의 거리는 점점 더 벌어졌다.

형의 생일이 다가오고 있었다. 머릿속에 익숙한 장

면이 떠올랐다. 아빠가 퇴근길에 사 온 케이크로 소박하게 생일을 축하하고, 그렇게 하루가 지나가는 모습. 늘 그래왔듯 이번에도 별일 없이 지나가리라 생각했지만, 그날이 가까워질수록 묘한 공허함이 차올랐다. '정말 이렇게 보내도 괜찮을까?' 하는 마음이 꿈틀거리며, 그동안 형에게 쏟아부었던 감정을 되돌아봤다. 지우고 싶은 '흑역사'라는 건 이런 것인지도 몰랐다. 그동안의 흔적들은 내가 봐도 지우고 싶었다. 나는 형을 부끄러워하고 외면하기만 했을 뿐, 형을 위해 제대로 된 무언가를 한 적이 없다는 생각이 들었다. 문득 궁금해졌다. 외출하고 돌아올 때 형의 가벼운 발걸음이 엄마나 아빠가 아닌 나와도 가능한 걸까? 이미 늦은 감은 있지만 그래도, 이제라도 형과 나 사이에 생긴 거리를 좁힐 수 있을까?

시작은 늘 낯선 법이었다. 생전 형에게 해 보지 않은 말을 하려 하니 도무지 입이 떨어지지 않았다. 그저 지시하는 데만 익숙했던 내 입술이 뒤틀리는 것만 같았다.

"형아! 나랑 둘이 밖에 놀다 오자!"

이 간단한 말이 어쩐지 얼굴을 뜨겁게 하고 손끝을 오그라들게 했다. 어색함이 목구멍을 타고 올라와 몇 번을 다시 삼키고 나서야 마침내 형에게 다가갔다. 머릿속에서 몇 번이나 되뇌었던 말을 입술 끝에서 겨우 내뱉었다. 그런데 형의 반응이 영 이상했다. 내 말을 이해 못 했는지 인상을 찌푸리며 한참을 망설이는 형에게 다시 한번 밖에서 놀자고 제안했고, 그제야 제대로 된 형의 대답을 들을 수 있었다.

"시, 싫어"

어안이 벙벙했다. 예상치 못한 반응에 머릿속이 하얘지며 순간 몸이 얼어 버렸다. 좋고 싫음만큼은 확실하게 표현하던 형의 의사가 아주 명확해지는 순간이었다. 굴욕스럽게도 하필이면 그 장면을 엄마가 보고야 말았다. 엄마는 갑자기 윗집 아랫집이 다 들릴 정도로 깔깔 웃으며 집안에서 온갖 무게를 잡고 군기반장처럼 굴던 내가, 내 말이면 뭐든 알겠다고 했던 형에게 이렇게 단호하게 차이는 모습이 재밌다며 놀려댔다. 나는 충격에서 벗어나기도 전에 자존심이 와장창 무너지는 소리를 들어야 했다. 나는 승부욕이 발동했다. "여기 가자, 저기 가자.", "이거 하면 이거 사 줄게." 하며 형을 꼬시기 시작했다. 어떻게든 형과 함께 나가고 싶어서 자존심이고 뭐고 없었다.

하지만 형은 나와 비슷했다. 한번 결정한 마음은 쉽게 변하지 않는 사람인 것 같았다. 입에 침이 마르도록 간절히 사정하는 나에게 형은 단호하게 고개를 연신 저었다. 이러다 정말 계획이 무산될 것 같아 속이 타들어가던 그때 마침 엄마가 나를 도와주셨다. 동생이랑 밖에서 놀다 오면 콜라를 사 주겠다고 엄마가 말하자 놀랍게도 형은 단번에 태도를 바꿨다. 나는 말도 안 된다는 표정을 지었다. 똑같은 말을 해도 누가 하느냐에 따라 달라지는 것을 보니 형을 통제할 수 있는 사람은 오직 나밖에 없다고 생각했던 게 부끄러웠다. 하지만 지금 중요한 건 그게 아니었다. 형이 OK를 했다는 사실이 중요했다. 엄마는 내게 "네가 웬일이냐?"며 웃었지만, 내심 형을 위해 그런 생각을 떠올린 내가 기특하다는 듯한 표정을 지었다.

그리고 드디어 기대하던 날이 다가왔다. 형의 생일날, 약속한 대로 우리는 단둘이 집을 나섰다. 그런데 나가자마자 뜻밖의 문제가 터졌다. 형이 콜라를 사겠다고 집 앞에 있는 마트로 돌진한 것이다. 나는 술래잡기하듯 전속력으로 쫓아가 마트 입구로 들어가려는 형의 옷자락을 간신히 붙잡고 막아섰다.

"갔다 와서 사 줄게! 갔다 와서!"

이건 정말 내 나름 부드러운 말투였다. 평소 같았으면 "안 돼!" 하며 엄격하게 끌고 왔겠지만, 오늘만큼은 다르게 하고 싶었다. 하지만 형은 내 말이 전혀 들리지 않는 듯했다. 바로 눈앞에 고지가 보이는데 이대로 포기할 수 없다는 표정이었다. 그렇게 우리는 마트 문 앞에서 입구를 앞에 두고 대치했다.

마트 안의 손님이 하나둘씩 우리를 쳐다보기 시작했다. 나는 본격적인 외출은 시작도 못 했는데 등 뒤에 땀이 흐르는 게 느껴지고 속이 탔다. '괜히 하자고 했나?' 하는 생각이 머릿속을 스치려던 찰나, 다행히 마트 사장님이 나섰다. 사장님은 단골손님인 형의 옆에 엄마가 없는 익숙하지 않은 상황에 이유를 묻지 않으셨다. 대신 내 눈치를 살피더니 무언가 눈치를 챘는지 사장님은 나를 도와 형에게 다정한 목소리로 말했다.

"갔다 와서 사도 늦지 않아. 내가 약속 지킬게."

형은 여전히 입술을 삐죽 내민 채 불만족스러운 표정이었지만, 사장님의 말에 조금씩 마음이 풀어지는 듯했다. 덕분에 나는 마지못해 몸을 돌리는 형과 함께 길을 나설 수 있었다.

우여곡절 끝에 외출은 다시 시작되었고 형과 나는 적당한 거리를 두며 걷고 있었다. 보이지 않는 선이 그인 듯 일정한 간격이 유지되었고, 나는 그것에 신경 쓸 겨를도 없이 앞으로의 계획을 되새기고 있었다. 사실 나의 계획이라고 해 봐야 별것 없었다. 형이 좋아하는 피자를 먹고 목욕탕에 다녀오는 것, 이 두 가지가 전부였다. 남들의 시선을 신경 쓰지 않고 형과 단둘이 무엇을 한다는 것 자체가 나에게 굉장히 의미있는 일이었다.

그러나 출발부터 삐걱댄 탓에 불안감이 몰려왔다. 혹시 또 무슨 일이 생기진 않을지 불안한 마음과 '형이 갑자기 돌아가겠다고 하면 어쩌지'하는 걱정에 심장이 두근거리고 조마조마했다.

'백 사십 몇 번 버스에… 어디 정거장에 내려서 5분 거리…'

나는 목적지까지 가는 방법을 끊임없이 되뇌었다. 길을 잃진 않을지 혹시 실수라도 하면 어쩌지. 엄마만 졸졸 따라다니던 내가 누군가를 이끄는 입장이 되니 심장이 꿈틀거리며 온몸이 뻣뻣해졌다. 하지만 형에게 내 불안한 모습을 들키고 싶지 않아 애써 태연한 척하며 발걸음을 내디뎠다. 형은 아무 말 없이 내 옆을 걸었다. 내 마음을 모르는 척해 주는 것인지, 아니면 정말 눈치채지 못한 것인지 알 수 없었다. 육안으로 확실히 알 수 있었던 건 형의 걸음뿐이었다. 형의 걸음은 내 걸음 속도에 맞춰 일정하게 걷고 있었다. 안정적인 우리의 걸음 걸이가 나의 불안을 감싸 주는 것 같았다.

버스를 탔는데 자리가 없었다. 형과 나는 천장에 달

린 손잡이를 잡고 가야 했는데, 왠지 모르게 형의 표정이 불안해 보였다. 오래간만에 탄 버스라 그런지 형은 손잡이를 잡은 손에 잔뜩 힘을 주고 있었다. 버스가 속도를 내며 흔들리자, 형의 몸도 자연스럽게 휘청거렸다. 순간 형은 손잡이와 함께 내 옷자락을 함께 움켜쥐었다. 휘청거리는 버스의 상황과 대비되게도 무엇인가를 감추려는 듯한 형의 손길에서 온기가 느껴지는 것 같았다. 내가 형의 단단한 의지 대상이 된 것 같았고 용기를 내 나와 함께 외출한 형에게 고마워 꼭 즐거운 시간을 선물해 주고 싶다는 마음이 들었다.

형과의 시간은 생각보다 빠르고 순조롭게 지나갔다. 피자집에 나란히 앉아 메뉴를 고르는데 형은 거침 없이 불고기 피자를 손으로 가리키며 선택했다. 고기를 외치는 형을 보며 우리가 닮은 부분도 있다는 생각에 속으로 피식했고, 콜라와 사이다 중 고르라는 질문에 웬일인지 사이다를 고르는 모습은 놀랍기까지 했다. 꽉 막힌 형으로만 생각했는데 취향도 다양하고 융통성 있다는 걸 알게 되어 웃음이 조금 나왔다. 그 후, 목욕탕에 가서 뜨거운 온탕에 함께 들어갔다. 형은 몇 초도 안 돼서 뜨겁다며 밖으로 나왔는데, 그 모습이 귀여워서 결국 웃음이 터져 나왔지만 이내 물이 뜨거워지자 나도 형과 다를 것 없이 탕에서 슬쩍 나오며 머쓱해 했다. 우리는 발만 담근 채 서로 마주 보며 시간을 즐겼다.

해가 지고 집으로 돌아가는 길, 무심코 걸어가던 어색한 발걸음이 이제는 조금 더 편안하게 느껴졌다. 집에 들어가기 전, 약속했던 콜라를 사는 것을 끝으로 우리의 첫 외출은 마무리되었다. 집에 도착해 신발을 벗고 들어가는 형의 얼굴에는 미소가 비쳤다. 아주 미세하게나마 입꼬리가 올라간 표정이었다. 나는 그 모습을 보며 그토록 찾고 싶었던 형의 기쁜 감정을 발견한 것 같아 마음이 벅찼다. 피날레를 장식하듯, 아빠는 형의 생일을 기념해 케이크를 사 왔고, 다 함께 축하 노래를 부르고 초를 불며 하루를 마무리했다. 그렇게 나는 조금씩 형에게 더 가까워질 수 있었다.

형이 가르쳐준 마음

오늘의 단어 | 감사

나는 형을 늘 형을 가르쳤다. 누군가를 가르친다는 건 여러 가지로 내게 의미가 있었다. 우선 나보다 나이가 많은 형을 어린 내가 가르친다는 것이 왠지 모르게 우쭐했다. 형이 알아들을 수 있도록 최대한 알아듣기 편하고 쉽게 설명하고, 그 설명을 이해한 형을 볼 때마다 나도 모르게 흐뭇한 미소가 지어졌다. 그 모습이 쌓일 때마다 마치 게임에서 승리하는 것처럼 느껴졌다. 그 작은 변화들이 쌓여갈 때마다 스스로가 좀 더 중요하고 가치 있는 존재가 된 느낌이 들었다. 하지만 항상 그런 것은 아니었다. 오히려 그렇지 못한 때가 더 많았다. 내가 아무리 설명하고 노력해도 형에게 전혀 전달

되지 않는 순간이 있었다. 그럴 때마다 머리가 복잡해졌다. 내가 아무리 애를 써도 변화가 없다는 사실에 무력감이 들었고, 반복되는 상황이 점점 의문이었다. 이게 정말 의미 있는 일일까? 왜 내가 이걸 계속해야 하는 걸까? 그 질문은 점점 더 내 마음을 흐리게 만들었다.

그럼에도 나는 이 상황을 이해하려 노력하며 살아왔다. 형의 존재가 가끔은 부담이 될 때도 있었고, 혼란스러울 때도 있었지만, 그런 시간이 지나고 나니 지금의 내가 대견하게 느껴지기 시작했다. 하마터면 미숙하고 나쁜 생각에 빠져 방황할 수도 있었지만, 그러지 않고 형과 가족을 위해 나름대로 잘 자라왔다는 자부심으로 스스로를 위로하고 있었다. 하지만 특수교육 교사 일을 하며 그것이 나의 착각이었음을 깨닫게 되었다. 형도 나에게 가르침을 주었다는 것을 나중에 깨달은 것이다. 형은 나에게 다름에 더 깊이 다가서는 법을 알려줬다.

나는 윤재 담임을 맡아 1년 동안 함께 지냈다. 윤재를 볼 때마다, 형의 모습이 겹쳐 보였다. 윤재는 형처럼 자신만의 세상을 좋아했다. 수업 중이든 쉬는 시간이

든, 내가 아닌 다른 어딘가를 응시하며 혼자 중얼거리는 모습을 종종 볼 수 있었다. 나는 그 모습을 방해하지 않으려고 조용히 있었고, 그가 나를 그의 세상에 잠시라도 초대할까 기대했지만, 그 기대는 언제나 헛된 바람으로 끝났다.

그럼에도 불구하고 윤재는 필요한 순간에 자신의 요구를 명확하게 표현할 수 있는 아이였다. 그런 점에서 참 기특하고 귀여웠다. 윤재가 학교에서 주목받았던 이유도 형과 닮은 점 때문이었다. 형이 콜라에 집착했던 것처럼, 윤재도 뭔가에 깊이 몰입하는 성향을 보였다. 그 몰입이 이루어지지 않을 때면, 윤재는 그 감정을 쉽게 삼키지 못하고 흥분과 분노가 표출했다. 윤재의 몰입은 학교 내에서도 남다를 정도로 강렬했고, 감정의 파도는 한 번 출렁이면 쉽게 가라앉지 않았다. 그 모습은 형이 겪었던 감정의 흔적과도 닮아 있었다.

어느 날부터 윤재는 옷에 묻은 털이나 삐져나오는 실오라기에 집착하기 시작했다. 나에게는 곤란한 상황이었다. 언제 어디서든 윤재의 눈에 그것이 띄었을 때

돌발상황이 발생했기 때문이다. 상대를 가리지 않고 갑자기 달려가 어떻게 해서든 표적을 제거해야만 윤재의 갈증이 해소되는 듯했다. 만약 그것이 해소되지 않으면, 소리를 지르고 날뛰는 등 통제할 수 없는 상황이 발생했다. 윤재는 표적을 발견하는 순간, 마치 초원을 질주하는 치타처럼 빠르게 움직였다. 그리고 그것을 손으로 잡아 떼려다 뜻대로 되지 않으면 입으로 물어뜯거나 필통에 있는 가위를 들고 직접 자르려고 하기도 했다. 위험천만한 상황으로 이어질 수 있는 윤재의 행동에 나는 항상 긴장을 놓칠 수가 없었다.

이런 윤재의 모습을 지켜보며 나는 형과 함께 지낸 시절 덕분에 일 년을 무사히 지낼 수 있었다는 생각을 했다. 형의 세상에 없어서는 안 되는 물건이 콜라인 것처럼, 윤재에게도 자신만의 이유가 있을 거라고 생각했다. 윤재에겐 삐져나온 실밥이나 옷에 붙은 털은 그저 사소한 먼지가 아니라, 그의 세계를 어지럽히는 혼란스러운 요소였을 것이다. 작은 실 하나가 사라지지 않는 한, 윤재는 그 불안을 견디기 어려웠을 테니까. 그렇게 나는 힘들어했던 형을 떠올리며 윤재를 이해해 보려 노력했다.

여러 방법을 찾기 위해 애써봤다. 윤재에게 '안 돼'라고 단호하게 막는 것에서 그치는 게 아니라, 그의 불안을 덜어줄 방법을 함께 고민하는 것이 중요하다고 생각했다. 완벽하게 윤재의 세상을 이해할 수는 없었지만, 최소한 곁에서 함께 지탱해 줄 수는 있다고 믿었다. 나는 윤재를 존중하면서도 그 안에서 함께할 방법을 연구하고 시도했다. 수업 중 흥분했을 때 언제든지 쉴 수 있는 작은 휴식 공간을 마련하기도 하고, 상황에 맞춰 유연하게 상대방을 배려해야 하는 사회적 규범을 알려주기도 했다. 때로는 기다릴 줄 아는 자기 조절 능력을 학습하고 다른 행동으로 바꿀 수 있는 대체 행동 중재를 도입하면서 시간을 쌓아갔다.

그 과정은 매끄럽지도 순탄하지도 않았다. 그 시간 속에는 윤재의 행동으로 놀라고 당황했던 학생들과 윤재를 위해 함께 고민하는 선생님들이 계셨다. 물론 윤재의 행동에 지쳐 한숨을 내쉬던 순간도 있었고, 이해하려 애쓰다 결국 포기하고 싶어진 날들도 있었다. 그러나 그와 동시에 끝까지 방법을 찾으려는 선생님들의 노력과 윤재를 받아들이려는 아이들의 변화가 있었다. 조금씩,

아주 조금씩 쌓아온 시간이 의미가 생기기 시작했다.

윤재의 돌발 행동의 빈도가 점차 줄어드는 것이 느껴졌다. 선생님들과 학생들도 윤재의 행동에 더 이상 당황하거나 놀라지 않고 침착하게 대응하는 모습이 보였다. 윤재 또한 흥분하더라도 스스로 휴식을 취하며 컨디션을 회복하는 법을 배워갔다. 그렇게 나는 윤재와 함께했던 날들이 내 안에 울림으로 남게 되었고, 그 울림은 다시금 형을 떠올리게 했다.

형을 돌보면서 나는 부인할 수 없이 책임감이 강한 사람이 되었다. 매사 책임감을 가지고 임하는 습관은 일을 할 때도 고스란히 적용되었다. 학교 현장에서 체육 업무를 오랫동안 맡은 적이 있었다. 특수교육을 전공하면서도 부전공으로 체육을 공부했기에 자연스레 입문한 업무였다. 업무를 맡아 시작하는 순간부터 사소한 것 하나하나 달라 보였다. 강당 마룻바닥이 우리 집 바닥처럼 느껴졌고, 체육 교구실이 내 방처럼 보이곤 했다. 어찌 보면 깐깐했던 나의 태도로 누군가에게는 부담스럽게 느껴졌을 수도 있지만 적어도 시설 관리만큼은 호평을 받았던 기억이 난다.

책임감은 나의 원동력이 되어주기도 했다. 주어진 일에 그치는 것이 아니라, 스스로 새로운 무언가를 하기 위해 노력했는데, 일례로 나는 해마다 진행하는 학교 특색 사업으로 '건강 체조' 사업을 제안했다. 학교 유튜브 채널을 개설해 체조 영상을 올리겠다고 진땀을 흘리며 촬영했던 기억이 생생하다. 또 코로나19로 인해 학교 체육이 사실상 마비되어 강당 수업이 어려워졌을 때도, 나는 어떻게 해서든 수업을 해보겠다고 평균대를 교실로 들고 다니며 전완근 힘을 쏙 뺐던 기억도 선명하다. 그때 어떻게 그렇게 할 수 있었는지 돌이켜보면 전부 책임감 덕분이라고 말할 수 있을 것 같다.

그런 책임감이 내가 하는 일에 정점을 찍었을 때가 있었다. 신설 학교 근무 경험을 하고 싶어서 개교 준비 TF팀에 겁도 없이 지원하여 겸직을 하기도 했다. 한창 공사 중이던 현장에 안전모를 쓰고 들어섰을 때, 콘크리트 바닥과 철골로 이루어진 공간을 보며 신혼집을 꾸미듯 무얼 채워야 할지 고민하며 설레기도 했다. 또한,

매해 학생들의 건강 체력을 평가하는 장애학생 건강체력평가(PAPS-D) 매뉴얼의 개정 필요성을 담당 연구사님께 꾸준히 요구하고 주장한 끝에, 마침내 이를 받아들여 공식적인 예산 지원이 결정되었다. 교육부 특별교부금 예산으로 진행된 전국 사업의 총괄을 맡게 된 나는 책임을 다해 매뉴얼을 제작했고 무사히 마무리를 지을 수 있었다.

익숙한 것에서 벗어나 더 어려운 길을 선택하기 위해 새로운 업무에도 도전했다. 해오던 일만 반복할 수도 있었지만, 체육이 아닌 전혀 다른 부서와 교과에서 새로운 역할을 맡으며 스스로를 밀어붙였다. 낯선 영역에 발을 들이고, 배우고, 부딪치며 성장해 나가는 모든 과정이 나를 더 단단하게 해주었고, 결국 학생들에게 조금이라도 더 다양한 교육을 제공하고 싶다는 소망과 그렇게 할 수 있을 거라는 믿음이 나를 움직였다.

이제는 이 모든 것이 형 덕분이라고 생각한다. 형과 함께한 시간은 내게 세상을 바라보는 새로운 시선을 선물했고, 그 시선이 결국 내가 선택하는 길을 결정지었다. 돈으로도 살 수 없는 이 내적 자산은 내게 따뜻한 자부심이 되었다. 그리고 앞으로도 형에게서 배운 것들은 내 안에서, 내가 가는 길을 더욱 단단하게 지탱해 줄 것이라 믿는다.

피어난 불꽃

오늘의 단어 | 흥분 ‼

엄마와 형은 대형 마트에 가서 장을 보곤 했다. 형이 좋아하는 과자와 음료가 끝없이 전시되어 있는 그곳은 형에게 그야말로 대형 박물관, 아니 천국과 다름없었다. 형은 그곳에만 가면 흥분을 감추지 못했다. 엄마의 귀에 대고 "과자, 과자 사줘."하며 쉬지 않고 쫑알대는 형의 입김에 뜨거움이 느껴질 정도였다. 그런 형과 같이 돌아다니는 건 결코 쉬운 일이 아니었다. 참새가 방앗간을 그냥 못 지나치듯, 형은 과자와 음료가 진열된 코너를 그냥 지나치는 법이 없었다. 그곳에 멈춰 서서 이리저리 물건들을 탐색하고 고르는 일이 형에겐 하나의 루틴이 되어버린 것이었다. 바로 옆에는 믹스커피 시식 코너가 있었는데, 한번은 형이 그곳에 쪼르르 가 커피를 얻어 마시더니 그 다음부턴 루틴의 마무리처럼 한 잔을 꼭 마셨다. 자주 오는 형을 또 왔냐는 식으로 쏘아보는 믹스커피 판매 직원의 눈빛이 느껴져 눈치가 보이기도 했다.

우리는 인내심이 필요했다. 구매해야 하는 것은 산더미인데 옆에서 쉬지 않고 졸라대는 형을 이끌고 장 보는 일은 보통 일이 아니었다. 참다못한 나는 형을 꼭 데려가야만 했는가에 대해 의문을 가졌지만, 엄마는 쓴웃음만 지은 채 입장은 바꾸지 않으셨다. 아무래도 집에만 있는 형을 이렇게라도 외출시켜 바깥 공기를 마시게 하고 싶은 마음인 것 같았다. 그 마음을 이해하지 못하는 건 아니었지만 한편으론 답답했다. 나는 형이 늘 자기만의 세상에서 시간을 보내는 것 같고, 세상이 형에게 맞춰 돌아가길 바라는 것처럼 느껴져 얄밉기도 했다. 하지만 그때마다 나는 형을 이해해야 했고 이런 일상이 반복될수록 피로가 쌓여갔다.

지겨운 일상을 버티며 사는 이유는 명확했다. 남들

다 가는 학교와 학원에 보내기 위해, 엄마와 아빠가 열심히 일하는 모습을 보면 늘 죄송하고 감사했다. 그래서 누구보다 성실히 매일을 견뎌냈다. 그러나 나에게는 그보다 더 솔직한 이유가 있었다. 이 집에 희망은 나밖에 없다는 생각. 우리 집에 자식은 형과 나 둘이지만 나는 언제부턴가 혼자라는 느낌을 받곤 했다. 아니 어쩌면 그렇게 생각하게끔 만들어졌던 것일지도 모른다. 아주 어릴 적, 내가 혼자라고 생각하기 이전부터 할머니와 할아버지, 친인척들이 기대를 담아 나에게 했던 말들에 영향을 받았다.

"한샘이 너라도 열심히 공부해야지."

그 말들은 벗어나기 어려운 지독한 원동력이 되었다. 나는 점점 치졸해지고 있었다. 이런저런 이유를 만들어내며 형을 외면해도 되는 변명을 찾고 있었다. 나는 형이랑 어디 좀 다녀오라는 엄마에게 발작하듯 왜 나한테 시키냐며 대들었고, 독서실에 가야 한다며 사납게 맞받아쳤다. 이상한 일이었다. 어쩌다 이렇게 된 걸까. 형의 장애를 내 인생에서 잠시 떼어놓고 싶다는 생각까지 들었다. 한때 장애와 비장애를 연결하는 외교관이 되겠다던 그 찬란한 결의는 지우개로 문질러진 듯 희미해지고 있었다.

점점 더 멀어지는 것 같았다. 내가 감당해야 할 것들이 산처럼 쌓여 있다는 핑계로 끝없이 합리화했다. 집에 오면 방으로 곧장 들어가고, 형이 어디에 있든 애써 못 본 척 지나쳤다. 밥 먹으란 부름에 "나중에 먹을게"라고 대답하는 것은 습관이 되었고, 어쩌다 한 번 식탁에 다 같이 앉게 되면 허겁지겁 먹고 박차고 나오는 게 일상이었다. 마음 한구석 위치한 양심이 쿡쿡 찔리긴 했지만, 나는 이 패턴을 도저히 멈출 수 없었다.

그 작은 불편함 빼고는 나머지는 모두 편하게 느껴졌기 때문이다. 편했다. 너무 편해서 오히려 이상할 정도로. 형과 거리를 둘수록, 가족과 단절될수록 내 일상이 막힘없이 계획대로 돌아가는 기분이었다. 전처럼 신경쓸 일이 많은 것 같지도 않고 감정 소모도 적어지면서 내 할 일에만 집중할 수 있었다. 하지만 나는 무언가에 집어 삼켜지고 있었다. 형과 내가 스쳐 지나갈 때 우리 사이엔 바람 한 점 없는 냉기가 감돌았다. 이제는 손끝이 맞닿아도 아무 느낌이 없을 것 같았다. 천천히 사그라지는 불꽃처럼 우리는 점점 남이 되어가고 있었다. 형과 나는 점점 눈을 마주치는 일도 드물었고, 가끔 거실에서 들려오는 형의 목소리도 낯설게 느껴졌다.

어느 날, 평소처럼 독서실로 향하는 길이었다. 언제나 같은 풍경, 어김없이 지나치는 나무들, 거리의 간판들, 신호등이 바뀌는 타이밍까지도 몸이 먼저 알아챘다. 마치 기계처럼, 점점 더 차가운 사람이 되어가는 기분이었다. 그때 전화벨이 울렸다. 확인해 보니 엄마였다. 무슨 용건인지는 모르겠지만 전화를 받기도 전에 귀찮음부터 밀려왔다. 한껏 밀려오는 불편함에 까칠한 목소리로 전화를 받았다. 그런데 이상했다. 엄마는 울먹이고 있었다. 흔들리는 목소리로 나에게 말했다.

"빨리 와. 장 보러 왔다가… 형이 도둑으로 몰렸어."

이게 무슨 일인가 싶었다. 엄마는 이런 사람이 절대 아니었다. 울먹이는 목소리와 약해진 목소리 톤이 정말 엄마가 맞나 싶었다. 누구보다 씩씩하게 분위기를 이끌고 어디서든 자신감 넘치는 사람이 엄마였기 때문에 믿기지 않아 멈칫하게 되었다. 나는 걸음을 멈추고 전화기를 꽉 쥐며 무슨 말이냐고 되물었지만, 엄마는 횡설수설하며 얼른 와달라는 말만 할 뿐이었다.

"얼른 갈게."

심장이 덜컥 내려앉았다. 무슨 상황인지 다 파악하지는 못했지만, 한 가지만은 확신했다. 형이 그럴 리가 없다고. 아무리 세상 물정을 잘 모르는 형일지라도 물건을 훔칠 정도의 바보는 아니었다. '형이 누군가로 억울하게 몰린 건 아닐까?' '엄마는 얼마나 당황했길래 나에게 이렇게까지 도움을 요청한 거지?' 수많은 생각이 뒤엉켜 머릿속을 울렸다. 마트가 가까워질수록 주먹이 저절로 쥐어졌다. 손톱이 손바닥을 깊이 파고들었다.

'관계자 외 출입 금지'라는 문을 열고 안으로 들어갔다. 낮은 테이블이 놓여 있고, 소파와 책걸상이 가지런히 배치되어 있는 작은 사무 공간이었다. 그곳에서 엄마는 형의 손을 꼭 쥔 채 있었고 형의 눈은 뭔가 불안해 보였다. 마주하고 있는 직원들 앞에 죄인처럼 웅크린 채 앉아 있는 모습에 순간적으로 올라오는 화를 간신히 참으며 낮고 단단한 목소리로 무슨 일이냐고 물었다. 나를 본 엄마의 얼굴이 일그러졌다.

"네가 좀 말해봐. 형 그런 사람 아니라고."

엄마는 흥분한 채 횡설수설했고, 그 사이 관리자로 보이는 직원이 나에게 상황을 차분히 설명하기 시작했다.

"커피 시식 코너 직원이 신고한 겁니다. 평소에도 자주 와서 시식을 했는데, 오늘 믹스커피 하나를 가방에 넣는 걸 몇 번 목격했다고 하더군요. 그래서 참다못해 신고했다고 합니다."

신고한 그 직원 쪽으로 시선을 돌리자 낯이 익었다. 형이 올 때마다 귀찮아하고 탐탁지 않다는 표정을 짓던 그 사람이었다. 순간 모든 게 이해됐다. 매번 형을 곁눈질하며 신경 쓰던 그 직원은 내 생각보다 훨씬 더 오래, 유심히 형을 지켜봐 온 모양이었다. 진술만 보면 사실이었다. 형은 원래 구매할 물건을 손에 들고 다니는 습관이 있었는데, 그걸 혹시나 떨어트리거나 잃어버리진 않을까 불편하던 엄마는 차라리 형이 메고 있는 개인 가방에 잠시 넣으라고 했고, 그 뒤로 형은 자기 가방을 장바구니처럼 사용해 왔다. 당연히 계산할 때는 항상 가방에서 물건을 꺼내 하나하나 계산했다. 가방에 물건을 넣는 순간만 보면 오해를 살 수도 있지만 결국 계산대에서 모든 걸 꺼내 결제한다는 걸 알고 있었기에 문제 될 것이 없다고 생각했었다. 하지만 형의 행동을 처음부터 곱지 않은 시선으로 바라보던 직원은 이 모든 과정이 아닌 '가방에 물건을 넣는 순간'만을 보고 형을 의심했던 것이었다.

그 생각이 미치자 나는 숨이 가빠졌다. 형에게 나쁜 의도가 없다는 것을 미처 생각하지 못하고 그저 이상한 손님으로 여겼을 직원의 태도에 눈앞이 뜨겁게 달아올랐다. 나는 터질듯한 감정을 억누르고 직원을 바라보며 단단한 목소리로 말을 이었다.

"훔칠 의도는 없었습니다. 형은 원래 이렇게 물건을 보관하는 습관이 있었고, 결제할 때마다 하나하나 꺼내왔습니다. 다만, 오해가 생길 수 있는 행동이었다는 점은 인정합니다. 앞으로는 개인 가방이 아니라 장바구니를 사용하겠습니다."

침묵이 흐르고 잠시 후 관리자가 먼저 입을 열었다. 오해가 있었던 점을 인정하면서 개인 가방 대신 장바구니를 쓰면 괜찮을 것 같다는 말로 우리를 감싸주었다. 서로 간에 불편을 끼쳐 죄송하다는 말을 마지막으로 건네며 우리는 그곳을 떠날 수 있었다.

집으로 가는 발걸음은 한결 가벼웠다. 불편하고 억울했던 상황이 무사히 해결된 것만으로도 마음 한구석이 조금씩 풀리기 시작했다. 돌아오는 길에 엄마는 웃으면서 나에게 고맙다고 말했다. 형도 서툴게나마 고맙다고 표현해 줬다. 평소 같으면 간질거렸을 고맙단 말이 좀처럼 묵직하게 다가왔다. 그 말들에 실린 감정이 내 안에서 잊히고 있었던 무엇을 떠올리게 한 것 같았다. 나는 내 지난 모습을 더듬어 보게 됐다.

사실 돌이켜 보면 나는 엄마의 말을 좀 더 거들었을

뿐이었다. 그런데도 이렇게까지 진지하게 고맙다고 할 일인가 싶었다. 자연스레 나는 내 일상과 생각에만 갇혀서 가족을 등한시했던 과거를 떠올렸다. 형과 함께한 시간 속에서 분명 더 많은 어려움과 감정이 오갔을 텐데, 나는 어느 순간부터 모든 것을 남 일처럼 받아들이며 스스로 거리를 두고 있었다. 형과 엄마가 겪어야 했을 크고 작은 무게들을 나는 얼마나 외면했던 걸까. 문득 부끄러움이 스며들었다.

망설이지 않고 형을 위해 뛰어 든 내가 낯설면서도 놀라웠다. 내 안에서 무언가가 조금씩 변하는 게 느껴졌다. 얼어 있던 땅 밑에서 새싹이 움트듯, 마음속 어딘가에서 잊혀졌던 감각이 서서히 자리를 잡는 것 같았다. 익숙했던 나를 지나, 어쩌면 미처 몰랐던 나 자신에게로 한 걸음씩 나아가고 있었다. 나는 조금씩 다시 변하고 있었다.

대단하다는 말

오늘의 단어 | 존경

신우와 성우, 그리고 태우는 늘 우리 학교 사람들의 이목을 끌었다. 세 아이는 세쌍둥이인 동시에 특수교육 대상 학생이었기 때문이다. 이들이 우리 학교에 전입해 온다는 소식을 접한 교직원은 놀라지 않을 수가 없었다. 대부분이, 아니 어쩌면 여기 있는 모두가 이런 사례를 접한 적이 없었기 때문이었다. 선생님들은 진부할 정도로 반응이 비슷했다. 한 명의 장애 자녀를 키우는 것도 쉽지 않은데, 세 아이를 동시에 돌보며 길러냈다는 사실에 모두가 감탄을 금치 못했다. 부모님의 헌신과 노력은 감히 상상조차 하기 어려웠고 그 여정이 어땠을지 가늠조차 되지 않았다.

나도 그 학생들과 인연이 닿게 됐다. 셋 중 두 명의 학생을 담임으로 맡았고, 나머지 한 명은 옆 반에 배치됐다. 정말이지 처음엔 이름도 얼굴도 비슷하고 헷갈려 애를 먹었다. 복도에서 마주치면 신우를 보고 성우라고 부르지 않나, 태우를 보고 성우라고 부르지 않나. 실수로 이름을 잘못 불러 "걔 신우 아니고 성우야."라며 남이 고쳐줄 때 얼굴이 붉어지곤 했는데, 정작 본인들은 마치 이런 반응은 많이 겪어 봤다는 듯 별 신경을 쓰지 않았다. 아이들은 내가 알지 못하는 신호들을 주고받으며 함께 있는 것만으로도 충분한 듯 서로를 챙겼다. 그 모습이 편안하고 따뜻해 보였고, 보고 있으면 자연스럽게 미소가 지어졌다.

아이들이 이토록 온전히 자란 이유를 나는 학부모 상담으로 단번에 알 수 있었다. 어머님과 아버님은 상담 내내 차분하면서도 단단한 목소리로 아이들의 성장 과정과 성향을 내게 들려주셨다. 아이들이 각자 좋아하는 것, 어려워하는 것, 필요로 하는 지원까지 세심하게 파악하고 있었고 학교에서 아이들이 편안하게 지낼 수 있도록 적극적으로 협력하고 싶다는 의지도 느껴졌다.

학기 중에 수시로 소통하며 행동 중재로 여러 가지 문제를 머리를 맞대며 함께 부딪치고 해결책을 찾아갔다. 그 과정에서 나는 아이들이 조금씩 변하는 모습이 보일 때마다 학부모님과 함께 크게 기뻐했고, 아이들을 위해 최선을 다해주시는 학부모님의 매 순간이 존경스러웠고 큰 의미로 다가왔다.

세쌍둥이를 키우는 학부모님을 보며 문득 형을 키우며 온 마음을 쏟던 부모님의 모습이 떠올랐다. 두 분은 정말 성격도, 사고방식도 너무나 달랐지만 형에게 쏟은 관심과 사랑만큼은 100% 같은 마음이었다. 나로선 신기할 따름이었다. 사실 나는 그 모습에 막연한 거리감이 느껴졌다. 형을 중심으로 돌아가는 것 같은 우리 집에서 나는 부모님과 형 사이의 단단한 연결을 바라보는 관찰자가 되는 기분이었다. 그때는 혼자 남겨진 느낌에 쓸쓸하기도 했다. 형의 작은 변화 하나에도 예민하게 반응하는 부모님과 자연스럽게 형의 리듬에 맞춰 흘러가는 가족의 일상 속에서 나는 어쩌면 스스로를 비켜선 존재로 여기고 있었는지도 모르겠다. 세쌍둥이 학부모님을 거울삼아 그때는 미처 몰랐던 부모님의 마음을 비로소 깨닫고 있었다. 세쌍둥이를 케어하기 위해 분주히 움직이는 그들의 모습이 문득 내 부모님의 지난 시간과 겹쳐 보였다.

형을 돌보며 수없이 많은 선택의 갈림길 앞에 섰을 부모님과 기꺼이 내려놓고 감내해야 했던 순간들, 그리고 말없이 감춰둔 희생들까지. 퍼즐 조각이 하나둘 맞춰지는 듯했다. 엄마는 나에게 두 얼굴의 사람이었다. 엄격함과 한없는 사랑 그 사이에 존재했다. 어렸을 때는 눈도 마주치기 어려울 정도로 어려웠다. 아무래도 엄마는 나에게 기대를 많이 해서 그랬던 것 같다. 남들보다 게임 좀 덜 하고 남들보다 공부 좀 열심히 해서 좋은 성적을 거두는 게 효도 하는 것이라고 거듭 알려줬다. 그래서 백 점이 아닌 성적표는 나에게 수치심을 동반한 종이에 불과했다. 겁에 질린 나는 우편함에 꽂힌 그것을 몰래 빼내 숨기느라 바빴다.

이런 나의 모습을 냉정하고 단호하게 훈육하던 엄마의 눈빛이 이상하게도 형을 바라볼 때만큼은 전혀 다른 빛을 띠었다. 마치 솜사탕처럼 부드러워 보였다. 형의 말 한마디에 엄마는 쉽게 빵빵 웃음을 터뜨렸고, 형이 어떤 투정을 부리든 결국 원하는 걸 들어주었다. 엄마의 그 온화한 얼굴이 낯설게 느껴지곤 했다. 나에게는 날 선 말들이, 형에게는 다정한 말들이 전해졌다.

엄마는 원칙과 현실 사이에서 헤매는 사람이었다. 나에게는 하나를 하더라도 확실하게 하라고 가르쳤다. 대충할 거면 아예 손도 대지 말라고, 귀에 딱지가 들 정도로 강조하곤 했다. 실제로 엄마는 그런 사람이었고, 뭘 하든 철저하고 완벽하게 하려는 사람이었다. 하지만 그 원칙을 스스로 지키지 못하는 날이 더 많아 괴로워하는 것 같았다. 형을 돌보며 현실과 타협해야 하는 순간들이 수시로 닥쳐왔다. 철저하지 못한 형을, 원칙보다는 즉흥에 익숙한 형을, 예기치 않게 떼를 쓰는 형을 달래느라 온 힘을 쏟는 엄마를 지켜보면, 나는 마음이 슬쩍 무거워지곤 했다.

엄마는 거침없는 사람이었다. 특유의 깔깔대는 목소리가 있었는데 그 웃음소리는 주변 분위기를 끌어올리는 힘이 있었다. 거기에 엄마만의 걸쭉하고 솔직담백한

말솜씨까지 더해 서운했던 일도 웃어넘기도록 만들었고, 아무리 무거운 분위기라도 단숨에 가볍게 바꿔놓곤 했다. 하지만 그런 엄마가 한 번씩 급브레이크를 거는 순간이 있었는데, 그것은 바로 형 얘기를 할 때였다. 형에 대한 안부 질문이 있을 때면 엄마는 고장 난 로봇처럼 멈칫하곤 했다. 아주 잠시 잠깐의 순간이지만 분명 느낄 수 있었다. 마치 속으로 여러 번 말을 삼키고 골라내는 듯한 표정이었다. 무슨 말을 해야 할지 모르는 것처럼, 혹은 무슨 말을 해도 부족할 것처럼. 그래도 결국 "건강하면 됐지~!"하며 특유의 유쾌한 얼굴을 장착한 채 말했다.

대단하다고 생각했다. 엄마는 심하게 흔들리면서도 버텼고, 괴로워하면서도 책임을 다했다. 타협할 수밖에 없는 순간에도 형을 포기하지 않으려 했고, 나를 향한 기대도 놓지 않았다. 형에게 보여주는 부드러운 얼굴과 나에게 건네는 단단한 말 모두가 엄마였다. 어디에서든 당당하고 유쾌한 엄마가 정말 강해 보였다. 엄마는 분주한 와중에도 나를 걱정했다. 또래보다 작고 왜소한 내가 성격까지 소심했기 때문이다. 학교생활은 잘하고 있는지, 친구들과는 잘 지내는지에 대해 염려했다. 나는 형을 돌보느라 바쁜 엄마에게 늘 괜찮다고 말했지만, 엄마는 내 마음을 아는 듯 "아들, 기죽지 마!"라는 말을 입버릇처럼 내뱉었다.

아빠는 엄마와는 정말 다른 사람이었다. 나에게 바라는 것도, 기대하는 것도 없었다. 성적을 묻지도 않았고, 잔소리도 하지 않았다. 엄마처럼 뚜렷한 기준을 내세우지도, 내 선택에 간섭하지도 않았다. 우스갯소리로 엄마는 호랑이 같았고 아빠는 곰 같다고 할 정도로 말수가 아주 적었다. 감정을 드러내는 것에도 서툴렀다. 주로 짧은 대답과 웃음으로 반응했던 아빠는 웬만해서는 자신의 의견을 먼저 내비치는 법이 없었다. 나는 그런 아빠가 어떤 생각을 할까 종종 궁금했다.

아빠는 말보다는 행동으로 보여 주는 사람이었다. 버스를 놓치지 않기 위해 새벽에 비틀거리며 일어났고, 저녁 늦은 시간이 되어야 퇴근했다. 그런 출근과 퇴근을 주 6일 반복했다. 그렇게 고생해서 받은 월급봉투를 아무렇지도 않게 엄마에게 툭 건네고는 소파에 누웠다.

유일한 유흥이었던 약간의 음주와 흡연도 엄마의 한마디에 모두 끊었고, 친구를 만나거나 모임을 가는 일도 없었다. 아빠는 도대체 무슨 재미로 사는지 신기할 정도였다. 지금 돌이켜 보면, 퇴근하는 아빠를 반기는 형의 작은 미소가 아빠에게는 충분한 보상이었는지도 모른다. 형은 아빠의 손에 있는 검은 봉투를 향해 달려갔고 아빠는 "집에 잘 있었어?"하며 선물이라도 주듯 그것을 건넸다. 내 눈엔 그저 무엇을 사달라는 형이 떼를 쓰는 것처럼 보였는데, 아빠는 그 순간을 다르게 받아들였던 것 같다.

아빠는 커 보이기도, 작아 보이기도 했다. 가족을 위해 묵묵히 헌신하는 모습은 높은 산처럼 듬직했지만 반대로 위축된 모습 같기도 했다. 오히려 그럴 때가 더 많았다. 명절이면 친척들이 모여 북적였는데, 아빠는 늘 어깨를 움츠린 채 구석에 앉아 있었다. 누군가에게 먼저 말을 건네는 법이 거의 없었고, 모두가 웃고 떠들며 대화하고 있을 때도 그 틈에 끼지 않았다. 그러다 어느 순간 조용히 자리를 빠져나가 밖에서 홀로 시간을 보내곤 했다. 엄마는 그런 아빠가 못마땅한 듯 '이 아저씨가 또 어디 갔어!' 하며 아빠를 찾고는 했다. 그런 아빠의 행동이 타고난 성향의 탓인지, 아니면 다른 이유에서인지 나는 알 수 없었다.

하지만 나는 문득, 아빠가 눈치를 보고 있었던 건지도 모른다는 생각이 들었다. 아빠는 세상을 조심스럽게 살았던 게 아닐까. 무엇도 바라지 않고, 그저 묵묵히 존재했던 아빠만의 방식. 나는 어느 순간 그것을 이해할 수 있었다. 무뚝뚝한 아빠 안에 잠겨있는 무수한 마음을 조금은 헤아려 볼 수 있을 것 같았다.

신우, 성우, 태우의 학부모님을 보면서 나의 부모님을 떠올린 건 아마도 그들에게서 같은 눈빛을 보았기 때문일 것이다. 끝없이 아이들을 걱정하면서도 아이들 덕분에 웃고, 아이들 덕분에 더 단단해진 부모의 눈빛 말이다. 그 안에는 수많은 감정이 담겨 있다는 걸 알고 있다. 지치고 힘든 순간에도 꿋꿋이 버티게 하고 작은 변화에도 기쁨을 느끼게 하는, 흔들려도 결코 끊어지지 않는 단단한 사랑이 그 안에 있다.

Chapter ●●●●

각자의 세계에서 만난 우리는

나만의 빛

오늘의 단어 | 기대

홀로 견뎌야 한다고 믿었던 나날들.

함께 걷는 순간이 아득했던 시절을 덮었다.

이제는 알 것 같다.

혼자서만 이겨내려 애쓸 필요가 없다는 것을.

잊고 지냈던 작은 꿈들이 다시 깨어났다.

길을 여는 걸음

오늘의 단어 | 놀람

나에게 장애가 있는 것도 아닌데, 도대체 무엇이 그토록 억울하고 슬픈 것인지 알 수 없었다. 남들처럼 평범하지 않다는 사실은 나에게 높은 장벽이었다. 그 너머에는 분명 내가 원하는 평범함이 있을 것 같았다. 하지만 그 벽을 넘는 것이 쉽지 않았다. 까치발을 들고 고개를 위로 들어 손을 뻗어도 도저히 넘을 수 없을 만큼 높게 느껴졌다. 옆으로 우회할 수도 없었다. 끝도 없이 이어져 있는 장벽이 나에게 주는 선택지는, 홀로 그 앞에서 멈춰 서있거나 아니면 높은 장벽을 그저 바라보며 살아가는 것뿐인듯했다. 나는 형에게 장애가 있고 그 장애는 없어지지 않는다는 사실에 오랫동안 괴로워했다.

하늘도 무심하지, 왜 하필 많고 많은 가족 중에 우리 형에게 장애를 줬을까. 정말 납득하기 어려웠다. 받아들여야 하는데, 받아들여 지지가 않았다.

그래서 내가 선택한 건 외면이었다. 형의 장애를 이해하지 못하는 내가 참 한심하다고 생각해서 선택한 최후의 방식이었다. 내가 어떤 방식을 쓰든지 형은 한결같이 비슷한 행동, 비슷한 표정, 비슷한 루틴을 보였다. 그래서 더욱 외면하게 되었는지도 모른다. 그렇게 하면 요동치는 나의 마음이 조금은 잔잔해질 것 같았다. 방법은 어렵지 않았다. 형을 보지 않으면 그만이었다. 나는 형에게서 거리를 두고 시선을 두지 않기로 했다. 시간이 날 때마다 컴퓨터 앞에 앉아 게임에 몰두했고, 친구들과 밖에 나가 축구공을 뻥뻥 차고, 거실에선 TV 화면에만 집중했다. 형을 향한 외면은 시간이 쌓일수록, 나는 최면에 걸린 듯 외동이 된 것 같았다. 형을 외면하며 형의 부재를 느껴 보려 했지만, 내가 외면하기로 결단하기 전과 후의 차이가 뚜렷하지 않아 혼란스러움만 커졌다. 나는 점점 내 안의 어떤 감각을 마비시키고 있었다.

어느 날이었다. 엄마는 갑자기 일을 해야 한다며 밖으로 나가기 시작했다. 돈을 벌어야 한다고 강조했고, 집에서 30분 정도 거리에 있는 한식당이라고 설명했다. 처음엔 그저 그렇구나 했다. 아니 오히려 자유를 얻은 것 같아 신이 났다. 나는 온종일 게임을 할 생각에 사로잡혀 기분이 좋았다. 하지만 그것도 잠시, 엄마는 모든 걸을 놓치고 싶지 않았는지 더 바쁘게 행동했다. 퇴근하자마자 인터넷 강의를 내가 잘 들었는지, 숙제를 미루지 않고 했는지 매일 매일 점검했고, 저녁상을 차리는데 아빠가 오기 전까지 마쳐야 해서 손이 보이지 않을 만큼 빨라졌다. 그리고 출근 전 절대 빼먹지 않고 항상 하는 말이 있었다.

"형이랑 잘 놀고 있어."

그때부터였다. 엄마가 없는 시간이 쌓이고 고여 막힌 듯 잘 흐르지 않았다. 학교 갔다가 집에 오면 형이 덩그러니 집에 홀로 있었다. 베란다에서부터 들어오는 잔잔한 햇빛 아래에서 형이 광합성 하는 것처럼 보였다. 고요한 집에 시계 돌아가는 소리만 째깍째깍 울렸다.

늘 그랬듯이, 나는 형에게 말 한마디 건네지도 않은 채 외면했다. 형이 집에는 어떻게 왔는지, 내가 없는 동안 무엇을 하고 있었는지는 궁금하지도, 궁금해하려 하지도 않았다. 형이랑 잘 놀고 있으라는 엄마의 말이 스쳐 지나갔지만, 그것은 나에게 가당찮은 훈담이라고 생각했다. 나는 지금까지 형이랑 놀았다고 생각한 적이 없었기 때문이다. 그저 내가 형을 놀아주고 챙겨줬다고 생각했을 뿐이었다. 그것에 반항이라도 하듯 나는 변함없이 형과 최대한 거리를 두려고 했다. 엄마에게 형 없이 혼자서도 충분히 잘 놀 수 있고 잘 기다릴 수 있다는 것을 알려주고 싶었다.

반면 형은 내 반응에 보답하듯 그냥 앉아 있거나, TV를 보거나, 콜라병을 팽이처럼 돌리면서 잘 놀고 있는 것 같았다. 이상하리만큼 약이 바짝 올랐다. 분명 선공은 내가 한 것 같았는데, 오히려 한 방 먹은 느낌이었다. 나도 혼자 잘 놀 수 있다고 마음을 꽉 잡았다. 하지만 꽉 잡은 매듭은 얼마 가지 않았다.

엄마를 기다리는 시간은 멀미가 날 정도로 고역이었

다. 기다림은 끝까지 나를 몰아붙였다. 주인을 기다리는 반려견처럼 신발장 앞에 쭈그리고 앉아 문밖에 들려올 엄마의 발소리를 한없이 기다렸다. 기다림은 내 안에 빈 곳을 더욱 크게 만들고 있었다. 내 시선은 언제나 시계로 향해 있었고, 내 귀는 분침이 움직이는 소리에 꽂혀 점점 더 선명하게 들렸다. 저녁이 깊어질수록 집안에 깔린 정적은 묵직하게 내려앉았고, 나는 도저히 참을 수 없는 두근거림에 결국 묶여 있던 이성의 끈이 풀어버려 그만 눈물을 쏟고 말았다. 한 번 터지기 시작한 감정은 걷잡을 수 없었다. 목에서 끊어질 듯한 흐느낌을 억누르려 할수록 속에서 더 거칠게 나오는 소리를 느낄 수 있었다.

더 이상 눈물이 나오지 않을 만큼 말라비틀어져 갈 때쯤 나는 저 멀리서 느껴지는 누군가의 시선을 느꼈다. 형이었다. 형은 언제부턴가 나를 계속 바라보고 있었다. 엄마가 오지 않아 불안해하기는커녕 오히려 평온해 보였다. 왜 그러냐고 있는듯한 께름칙한 눈빛에 패배감까지 들었다. 마치 다른 세상에 사는 사람 같았다. 나는 형과 분명 함께 있었지만, 홀로 있다고 생각했다.

엄마는 심각성을 느꼈다. 둘째란 녀석이 왜 이제 왔냐며 울고불고하는 행동을 그냥 지나치기가 어려웠던 것 같다. 나를 바라보는 표정에서 엄마의 찌푸려진 눈썹과 굳게 다물려 있는 입술에서 느낄 수 있었다. 나는 내 입장을 주장하기에 바빴고, 엄마는 나와 형을 내버려두면 안 되겠다고 생각했다.

어느 날 엄마는 우리를 보며 따라오라고 말했다. 일하는 곳 사장님께 사정을 허락받은 모양이었다. 일은 해야 하고, 나와 형을 돌볼 사람은 없고. 그러니 일터 근처라도 있을 수 있도록 요구한 것 같았다. 지루할 수도 있다는 엄마의 경고는 내게 중요치 않았다. 그저 나는 기뻤고 설레기까지 했다. 이제 됐다. 더 이상 심심하지도, 외롭지도, 불안하지도 않겠구나.

"형이랑 잘 놀고 있어."

식당 입구 바깥에 은박지로 싸인 돗자리를 곱게 펴며 엄마가 말했다. 그 순간 뭔가 잘못 돌아가고 있다는 예감이 들었다. 내 경험상 돗자리라는 물건은 소풍에 가서 김밥을 먹기 위해 푸른 잔디에 펼치는 깔개임에 분명했다. 하지만 이곳은 축축하고 딱딱한 곳이었다. 딱딱한 시멘트 바닥과 텁텁한 먼지와 냉기가 느껴지는 장소였다. 문만 열고 식당에 들어가면 시원한 에어컨 바람과 깨끗한 마룻바닥이 있었지만 나는 감히 들어갈 수가 없었다. 엄마는 내게 귀 딱지가 붙을 만큼 강조했다. 식당 안으로 들어오면 안 된다고. 말썽 피우고 손님들한테 방해를 주면 안 된다고 말이다.

감내해야 했다. 엄마의 얼굴에는 미안함이 묻어났고, 나는 그 상황이 어쩔 수 없는 최선의 타협점임을 이해하려 했다. 문 건너편에는 엄마가 있으니까 괜찮아. 이것만으로 다행이고 감사해야 한다는 마음을 먹기로 다짐했다. 그렇지만 무언가 잘못됨을 조금씩 느끼기 시작했다. 심심함을 대비해 장난감 몇 개를 가져왔지만 금세 흥미를 잃었고, 엘리베이터에서 내리는 손님들은 돗자리에 쭈그려 앉아 있는 형과 나를 발견할 때마다 소스라치게 놀라며 수군거렸다. 그들은 둘로 나누어졌다. 마치 못 본 걸 본 것 마냥 급하게 시선을 다른 곳으로 돌려 우리를 못 본 척하는 무리와 입구에 들어설 때까지 시선에 접착제를 붙인 것처럼 우리에게서 눈을 떼지 않는 무리.

나는 앉아 있는 내내 동물원에 있는 동물이 이런 느낌이지 않을까 생각했다. 땀이 어느새 목을 타고 흐르고 있었다. 불볕더위에 땀이 난 건지 얼굴이 달아올라 땀이 난 건지는 알 수 없었다. 마치 우리가 잘못된 무언가인 양, 피해야 할 대상처럼 여겨지는 순간들이 반복되면서 나는 더 이상 참기가 어려웠다. 우리가 사람들에게 전시되는 것 같다는 무안함과 굴욕감에 자리를 몇 번이고 박차고 일어나 엄마가 일하는 식당 입구로 들어갔다. 하지만 딱 거기까지였다. 몇 번은 바깥이 너무 더워 땀만 식히고 가겠다며 에어컨 앞에서 만세 자세를 펼쳐보였다. 하지만 이 행동은 금세 꼬리가 밟혔다. 내 이름을 부르는 큰 목소리와 함께 나는 쫓겨나듯 밖으로 나와 여전히 돗자리에 앉아 있는 형을 바라봤다.

형은 참 한결같았다. 남들이 어떻게 보던 그 자리 그대로 앉아 병뚜껑을 돌리는데 몰입하고 있었다. 여전히 이해가 가질 않았지만, 한 가지 의문스러운 건 그 모습에서 풍기는 모습이 그날은 이상하게도, 정말 이상하게도 평온해 보였다. 형은 그 누구의 시선에도 신경 쓰지 않고 자신만의 세계를 단단하게 지키고 있는 것 같았다. 그런 형의 모습을 보면서 처음으로 내가 모르는 무언가 중요한 답을 찾은 듯한 느낌이 들었다. 나는 조용히 신발을 다시 벗어 형 옆에 다시 앉았다. 무거웠던 마음이 조금은 가라앉았다. 그렇게 나는, 미치도록 흘러가지 않는 그 시간 동안 형의 존재를 느끼며 함께 시간을 버텼다. 일을 마친 후 엄마는 힘들어했던 나를 보며 결국 다른 수를 썼다. 돈이 들더라도 우리를 돌볼 사람을 따로 구했다. 나는 더 이상 같은 일로 힘들어하지 않았다.

나는 어느새 형과 잘 놀게 되었다. 형을 즐겁게 만드는 건 어렵지 않았다. 형이 할 수 있는 걸 내가 함께하면 그만이었다. 그동안 외면했던 형을 자세히 보니 새로운 점을 발견할 수가 있었다. 형은 자전거를 탈 줄 알았다. 그것도 두발자전거를 말이다. 솔직히 놀랐다. 아무것도 못 하는 형의 무력한 이미지는 나의 마음에서 비롯됨을 깨달았다. 비록 속도는 빠르지 않지만, 함께하기에 충분했다. 내가 속도를 조금 맞춰주면서 오랫동안 타면 해결되는 것이었다. 집에서 15분 정도 걸어가면 하천이 있었고, 근처엔 자전거 대여소가 있었다. 나는 형에게 자전거를 타러 가자고 했고, 형은 군말 없이 나의 뒤를 씩씩하게 따랐다.

자전거를 타는 형의 모습은 평안해 보였다. 손잡이를 지긋이 잡고 천천히 페달을 밟는 형의 얼굴에는 낯익은 느낌이 있었다. 식당 앞에서 발견했던 그 평온함이었다. 좀 더 자세히 바라보니 그 평온함 속에는 기쁨도 섞여 있는 것처럼 보였다. 바람을 가르며 두 눈을 반짝이는 모습은 우습게도 어린 나보다 순수하고 맑고 자유로워 보였다. 지금, 이 순간을 즐기며 앞을 향해 나아가는 형을 보며 나 또한 그 평온함에 젖어 들면서 편안함을 느꼈다. 형은 본인의 장애를 전혀 문제로 여기지 않는 듯 보였고, 그 순간 나는 형이 나보다 훨씬 더 많은 것을 알고 있는 사람처럼 느껴졌다. 형을 바라보며 오히려 형이야말로 삶이란 제약을 넘어 순간을 있는 그대로 받아들이고 즐길 줄 아는 존재라는 깨달음을 얻게 되었다.

영원할 것 같았던 슬픔도 지나간다는 것을 알았다. 슬픔이 영원히 나를 붙잡아둘 수는 없었다. 형의 존재를 인정한 순간 내 안의 슬픔이 조금씩 옅어지는 걸 느꼈다. 형이 장애가 있다는 이유로 슬퍼하고 미워했던 순간을 떠올리니 마음이 쓰이고 무거웠다. 그런 어두운 감정들을 형에게 고스란히 전달했다는 죄책감이 들었고, 정작 본인은 아무렇지 않아 하는 것 같은데 오히려 내가 그 감정들에 갇혀 있었던 게 부끄럽고 미안했다. 그 후로 함께하는 순간들은 더 이상 나에게 불편함과 슬픔을 주지 않게 되었다. 오히려 그 시간 속에서 작은 기쁨과 따스함이 스며드는 것을 느꼈고, 내 마음이 조금씩 더 단단해지고 있다는 걸 깨달았다.

처음부터 이랬다면 어땠을까 생각해 본다. 인정하기 싫지만, 시간을 되돌려도 나는 비슷할 것 같았다. 나는 결국 복잡한 감정 속에서 벗어나기 위해 또 한 번 발버둥을 쳤을 것이다. 그만큼 장애의 첫인상이 내게 강렬했던 것 같아 애석하다. 초대하지 않은 손님이 불쑥 찾아오는 것처럼, 해결책이 도무지 보이지 않는 어려운 수학 문제처럼, 나아가기 어려운 흐릿한 안개처럼, 장애는 그 존재 자체만으로 낯설고 두렵게 느껴졌다. 다행스럽게도 그런 갈등이 지금의 나를 만들고 좁은 시야를 넓혀줬음에 감사함을 느낀다. 장애가 오면 그것을 알아가는 과정도 함께 온다. 장애란 피할 수 없는 난관이 아니라 그저 함께 걸어가야 할 길 위의 한 부분일지도 모른다.

동행의 소중함

오늘의 단어 | 의지

현석이란 학생이 있었다. 현석이는 어려서부터 청각 장애와 지체 장애가 함께 있는 중도 · 중복 장애 학생이었다. 청각장애의 정도는 매우 심하여 인공와우라는 보청기를 착용할 정도였고, 지체 장애 종류인 뇌 병변 장애로 보행이 어려워 휠체어를 탔으며, 지적장애를 동반했다. 2019년 7월 장애인복지법상 분류되었던 장애등급제 폐지가 결정되며 현재는 '장애 정도가 심한 장애인'과 '심하지 않은 장애인'으로 분류하고 있는데, 현석이는 고민할 것 없이 장애 정도가 심한 장애 학생이라 할 수 있었다. 현석이의 기본적인 일상생활은 물론 신변과 자립에 어려움이 있지 않을까 생각했다.

하지만 현석이의 부모님은 못 할 것이 없었다. 현석이의 장애를 일찍이 발견하곤 할 수 있는 노력을 오랫동안 지속해 왔다. 각종 물리 치료와 작업 치료, 언어치료 등 다양한 시도를 하며 현석이가 성장할 수 있는 부분을 더욱 촉진했고, 지체 장애로 인해 구축된 다리 근육이 위축되고 관절이 굳어가는 진행을 막기 위해, 워커를 이용한 보행 훈련을 꾸준히 했다. 현석이가 몸이 커질 때마다 휠체어를 주기적으로 교체했다. 경제적으로 빠듯한 부분은 나라에서 주는 지원금과 대기업 또는 각종 재단에서 운영하는 지원 사업으로 충당해서 해결할 수 있도록 노력했다. 그렇게 현석이의 가족은 현석이가 더 나아질 수 있을 거라 믿어 의심치 않았다. 장애 정도가 심했던 현석이를 돌보는 일이 때로는 버거웠겠지만, 그럴 때에도 결코 멈추지 않고 나아갔음을 말하지 않아도 알 수 있었다.

현석이를 처음 만난 건 현석이가 중학교 2학년 때였다. 현석이를 직접 대면하기 전, 나는 현석이의 전 담임 선생님께 현석이에 대한 간략한 정보에 대해 인수인계를 받았다. 그때 당시 장애 등급이 1급이라는 것과 여려 장애가 동반하고 있다는 사실만으로도 두려움과 긴장을 느끼기 충분했다. 혹시 건강상에 위험은 없을까, 경력이 적은 내가 잘 맡을 수 있을까, 손이 많이 가지는 않을까 하며 지레 겁을 먹었다. 하지만 머지 않아 그것이 나의 오산임을 깨달았다. 나의 예상을 비웃듯 현석이는 뛰어난 기량을 보여주어 나를 놀라게 했다. 생각보다 훨씬 많은 것을 스스로 할 수 있는 학생이었다. 휠체어를 본인이 힘차게 밀어 이동할 수 있었고, 혼자서 휠체어에서 내릴 수 있었고, 싱크대에 기댄 채 스스로 양치도 할 수 있었고, 화장실에 설치된 안전봉을 활용해 도움 없이 대소변도 볼 수 있었다. 언어적 소통도 수업에 지장이 없을 정도로 대화가 잘 통했다.

현석이는 장애인 복지 카드에 명시된 장애 등급 숫자를 무색하게 만들었다. 현석이 부모님은 거기서 멈추지 않았다. 매 학기 진행되는 학부모 상담과 개별화 교육협의회에 어머님과 아버님이 두 분이 모두 참석하신 기억은 아직도 인상 깊게 자리하고 있다. 내가 따로 설명하지 않아도, 아니 나보다 더 현석이의 장애에 대해 잘 알고 계셨고, 현석이의 숨겨진 가능성을 발견하기 위해 노력을 꾸준히 기울이셨다. 가족의 단단한 지원 속에서 나는 현석이를 위한 교육을 맘껏 펼칠 수 있었다. 그때는 초임 시절이라 뭔가 서툴고 어설픈 부분도 많았을 텐데, 두 분이 넓은 아량으로 현석이와 나를 지지해 주셨다. 정말로 고마운 시간이었다.

장애 정도가 심했음에도 현석이가 스스로 이동해 화장실을 가고 원활히 소통할 수 있을 만큼 성장할 수 있었던 이유는 명확했다. 현석이 본인과 부모님의 진득한 배움의 자세였다. 만약 그것이 없었더라면, 현석이는 장애라는 장벽에 부딪혀 무엇이든 어려워했을 거라는 생각이 들었다. 나는 현석이와 현석이 부모님의 노력에 감명을 받으며 함께 응원했다. 하지만 모두가 현석이 부모님 같지는 않았다. 자녀의 장애를 보이는 그대로만 인정하고, '내려놓음'이란 단어를 앞세워 발전의 가능성을 포기한 채 무기력하게만 지내는 학부모도 있었다. 그 현상은 장애 정도가 심할수록, 학년이 올라갈수록 많아졌지만, 한편으로 그런 부모의 모습을 이해할 수 있었다. 우리 집도 그랬으니까.

어릴 적 엄마와 말다툼하던 중 엄마는 나에게 "형이 거기(학교)에 가서 뭘 하겠냐?"는 말을 한 적이 있었다. 형이 학교는 다니지만, 장애가 심하니 배우는 게 얼마나 있겠냐는 뜻 같았다. 나는 순간 격한 반발심이 들면서 그 말을 도무지 수용할 수 없었다. 적어도 나에게 특수교육 진로를 추천한 엄마가 해서는 안 될 말이라고 생각했다. 엄마가 그 말을 뱉을 때마다 느껴지는 축 처진 공기가 무겁게 느껴졌다. 앞뒤가 맞지 않는 발언을 한다고 생각한 나는 엄마에게 약간의 배신감을 느끼며 알 수 없는 마음을 속으로 단정 지었다. 엄마는 학교를 학교가 아니라 보육시설로 생각하고 있고, 형에게 무언가를 기대하는 걸 포기했다고 말이다.

엄마를 이해하게 된 건 시간이 좀 더 지난 뒤였다. 장애 학생을 가르치며 한계에 부딪히는 때가 생겼다. 특히 중증 장애일수록 난항을 겪었다. 휠체어를 타는 학생에게 공을 발로 차는 활동을 가르칠 때, 연필을 잡는 게 어려운 학생에게 글씨 쓰는 방법을 알려줘야 할 때, 자리에 앉기 어려운 학생에게 앉아야 함을 지도할 때, 이 문제들을 어떻게 지혜롭게 풀어갈 수 있을까 하는 고민에 빠지곤 했다. 어떻게든 수업 중 일부라도 참여하게 하려고 시선이 허공을 맴도는 학생의 손을 잡고 강제에 가까운 활동 참여를 유도할 때마다 나는 괜히 등이 화끈거리면서 간지럽기도 했다.

이게 맞는 걸까? 라는 의문 속에서 무엇이든 의미를 찾고 싶었다. 학생들에게 뭔가를 가르쳐 보려고 했지만, 과연 나의 행동이 학생들의 배움으로 이어졌는지 자꾸만 스스로 되묻게 됐다. 학생들의 변화는 겉으로 쉽게 드러나지 않았고, 수업 중 질문에 반응을 않으면 내 말을 듣고 있기는 한지 의심이 들며 공허함마저 느껴졌다. 이런 순간들이 쌓이며 교사인 나조차도 무력감에 빠졌다. 혹시 이것이 최선은 아닐까. 해답이 보이지 않는다는 이유로 학생들의 성장 가능성에 스스로 한계를 둘 때도 있었다. 그렇게 하루하루를 무기력한 수업으로 채우며, 학생들의 더 나은 배움을 위해 고민하기를 멈춘 내가 되어가고 있었다.

그러니까, 매너리즘이 온 것이다. 반복되는 학교 일상에 무감각해지면서 더 나은 수업을 고민할 열정마저 잃어버린 상태가 되어버렸다. 하지만 분명 나에게도 초심이 있었다. 특수교육을 하며 보람을 느꼈던 순간들이 있었다. 그 흔한 학급 시간표마저 의미를 담아 보겠다며, 아이들이 직접 과목별 도장을 찍을 수 있도록 하나하나 도장을 만들어 밤을 새우던 날들, 피곤함보다 성취감과 뿌듯함으로 가득 차 있던 그때의 내가 분명 존재했었다.

어쩌면 엄마도 나와 같은 과정을 겪지 않았을까. 엄마 역시도 처음에는 형을 가르쳐 보겠다는 열정으로 가득했지만, 기대와 현실의 괴리를 마주하며 어느 순간 무력감에 빠져버린 건 아닐까. 형이 세상을 잘 이해하고 받아들여 사람들과 함께 어울릴 수 있기를 바라면서도, 시간이 지날수록 한계에 부딪혀 지쳐간 건 아닐까. 그것이 결국 자신의 욕심이라고 생각하며 바람을 멈춘 것은 아닐까. 그제야 나는 엄마의 지나온 과정을 이해할 수 있었다. 엄마의 그 모진 말이 이제는 받아들여진다는 사실에 순간 가슴이 헛헛해졌다. 엄마는 함께 걸어갈 누군가가 필요했던 것은 아닐까. 같이 고민하고 노력해 줄 사람이 곁에 없었기 때문에 지쳐 버린 것은 아닐까 하는 생각이 들었다.

하지만 더 이상 그 감정에 갇혀 있을 수는 없다고 생각했다. 과거의 내가 멈춰 서 있는 동안에도 내 앞에 있는 아이들은 여전히 앞으로 나아가길 원하고 있었고, 옆에서 내가 할 수 있는 일이 분명히 있을 것이라고 생각했다. 작은 것부터 다시 시작하면 되지 않을까. 소중하게 느꼈던 뿌듯함과 열정, 성취감을 다시 떠올리며 쓰러져도 아무렇지 않게 다시 일어나는 오뚜기처럼 나도 다시 일어서고 싶었다. 희망을 되새기며 하루하루를 버텼을 엄마의 마음을 떠올렸다. 이렇게 무너져서는 안 된다고 스스로 다잡았다. 아이들에게 내가 할 수 있는 일과 나만이 줄 수 있는 작은 것들을 천천히, 하지만 끊임없이 이어가야겠다고 다짐했다. 한계를 규정짓지 않는 현석이처럼, 아이들과 함께 성장해 나가고 싶었다.

다행스럽게도 나는 어느 순간 매너리즘에서 벗어났다. 예전에는 보이지 않던 것들이 수업 중에 하나둘씩 눈에 들어오기 시작했다. 수업 중에 스치는 작은 눈짓과 반응들이 선명하게 보이면서 나는 다시금 힘을 얻고 있었다. 모든 게 완벽할 필요는 없었다. 조금 느리고 서툴러도 계속해서 할 수 있는 마음만 있으면 충분했다.

나는 때론 어렵고 더디더라도, 아이들과 함께하는 과정에 의미가 숨겨져 있다는 것을 느꼈다. 어쩌면 가르친다는 것은 특별한 무언가를 만들어내는 일이 아니라, 함께 걷고 부딪히며 서로를 이해하는 과정이 아닐까 하는 생각을 했다.

현석이에게 나는 어떤 존재였을까. 초임 시절 여러모로 부족했던 나를 돌아보면 아직도 손발이 오그라든다. '이랬더라면' 하며 생각하는 습관은 시간이 꽤 지났음에도 쉽사리 사라지지 않는다. 그럴 때면 나는 차라리 그때의 나를 반추하며 더 나은 교사가 되기 위한 마음을 가지려고 한다. 현석이는 어느새 학교를 졸업하고 성인이 됐다. 아마 잘 지내고 있을 것이라는 생각이 든다. 나보다 더 훌륭한 스승인 부모님이 계시니 말이다. 늘 밝고 웃음 가득한 현석이가 앞으로 더 행복하고 나은 삶을 살았으면 좋겠다. 현석이가 나를 어떻게 기억할지 모르겠지만, 나는 현석이와 함께하면서 성장했다. 그 기억을 발판 삼아 앞으로 만나게 될 학생들에게 더 나은 어른으로 다가가고 싶다.

교사로서 가장 즐거운 순간은 언제였나 되짚다 보면 학부모님들의 따뜻한 지지와 격려를 느꼈을 때가 떠오른다. 비장애 학생보다 소규모로 진행되는 특수교육 수업의 특성상 학부모님과의 소통은 일상이자 필수이다. 이런 과정에서 학부모님과 함께 아이를 위해 노력하며 서로의 마음을 나눌 때 마음이 든든해지는 것을 느낀다. 학생과의 관계도 물론 소중하지만, 학부모와의 협력을 통해 교육을 한층 더 풍성하고 의미 있게 만들었던 순간은 나의 교직 생활에 큰 보람과 기쁨을 가져다주었다.

함께한다는 것은 서로의 걸음을 맞추는 것이다. 때로는 기다려주고 이끌어 주며 함께 나아가는 것이 긴 여행을 떠나는 발걸음과 비슷하다. 그 속에서 서로가 배우고 성장하며 작은 변화 하나하나에 기쁨을 나누는 것이야말로 교육이 가진 깊은 가치를 실현하는 게 아닐까. 각자의 걸음이 모여 아이들이 걷는 길을 조금 더 밝고 따스하게 물들여주기를 바란다. 그리고 그 길이 아이들에게 즐거움과 희망이 되고 새로운 가능성으로 이어지길 기대한다. 서로에게 닿는 그 마음의 연결이 교실을 넘어 각자의 삶 속에 오래도록 남아 세상을 향해 스스로 걸어갈 힘이 되기를 원한다. 교사와 학생, 학부모가 함께 만들어 가는 이 동행이 앞으로도 계속될 수 있기를, 나 역시 그 길에서 아이들과 함께 걸어가는 교사로 남고 싶다.

좋아하는 것 찾기

오늘의 단어 | 희망

"주말에 뭐 했어?"

주말이 지난 월요일, 학교에서의 아침 대화는 패턴이 비슷하다. 나는 아이들에게 주말을 어떻게 보냈는지를 묻는다. 아이들이 주말에 무엇을 했는지 궁금하기도 하고 주말의 여운을 나누는 이 시간이 아이들과의 거리를 좁히는 데 중요한 역할을 한다고 느끼기 때문이다. 짧은 대화 속에서도 새어 나오는 소소한 이야기에 아이들의 일상을 엿볼 수 있었다. 교실이라는 공간에 생기를 불어넣는 특별한 순간이었다. 하지만 아쉽게도 이런 질문에 피드백이 많거나 다양하지는 않았다. 대답이 어려운 학생을 위해 학부모님께 조사도 해본 적 있지만, 몇몇 날을 제외하고는 거의 비슷하다는 걸 알게 되었다. 모두가 그런 건 아니지만, 집에서 시간을 보내거나 교회를 가는 등의 대답이 보통이었다. 그 뒤로는 학부모님께 무언가 부담을 드리는 것 같아 조심스러워 묻지는 않게 됐다.

생각해 보면 우리 형도 그랬다. 학교에 가는 것을 제외하면 대부분 시간을 집에서 보냈다. 콜라를 유심히 관찰하거나, 다 먹은 콜라병을 팽이처럼 갖고 놀거나 TV를 멍하게 보는 정도였다. 나와 부모님은 그런 형을 안타깝게 생각했다. 형에게 인생에 재밌는 게 많다는 걸 알려주고 싶었던 나는 형과 영화관에도 가보고, 산책도 다녀오고, 운동도 하면서 여러 가지를 경험시켜 주었다. 형은 그중에서도 특히 자전거 타는 걸 즐겨 했다. 그 뒤로 자전거는 형과 나를 이어주는 연결고리이자, 형의 유일한 여가 생활로 자리 잡았다.

종종 형과 겹쳐 보이는 학생이 있었다. 무미건조한 표정을 일관하다 '이것'만 하면 눈이 반짝이는 학생이었다. 그런 학생을 보면 마치 형이 자전거를 타고 있을 때의 모습이 떠올랐다. 다른 모든 것들이 흐려지고 그 활동에만 몰입하는 모습. 오직 그 순간만을 위해 빛나는 눈빛이 나타날 때 그 학생이 진짜로 즐기고 있다는 사실을 알 수 있었다. 그럴 때마다, 형을 응원했던 그때처럼 학생을 응원하게 됐다.

기억에 남는 몇 명의 학생들이 있다. 주형이에겐 인라인스케이트가 그런 것이었다. 지루하고 반복된 일상 속에서 발견한 그것은 주형이에게 정말 보물과도 같았을 것이다. 시작은 아주 우연이었다. 학교에서 체육 업무를 맡았던 나는 주형이처럼 인라인스케이트를 즐기는, 또는 즐길 수 있는 장애 학생이 많다는 걸 알게 됐다. 어릴 때 한 번쯤은 타고 다녔을 법한 인라인스케이트가 이들에게는 흥미롭고 재밌는 놀이 그 이상인 것 같았다.

나는 유레카를 외치며 당장 환경을 구축하는 것부터 시작했다. 강당 창고 안의 노란색 바구니에는 인라인스케이트와 보호 장비들이 너저분하게 보관되어 있었다.

크기별로 섞여 있는 모습이 마치 잘못 박혀 휘어 버린 못처럼 느껴졌다. 안 되겠다 싶어 롤러스케이트장에 있는 진열장을 벤치마킹했다. 업체를 수소문하고 공간과 장의 길이를 실측하여 맞춤 수납장을 제작했다. 가지런히 진열된 인라인스케이트, 옆에는 보호 헬멧과 보호 장구, 바로 앞엔 앉아서 갈아 신을 의자를 두었다. 보기 좋은 떡이 먹기도 좋다고 했던가, 그 뒤로 우리 학교는 인라인스케이트 붐이 일어났다. 인라인스케이트를 탈 수 있는 환경이 구축되자 자연스레 아이들이 여가 활동을 배울 기회로 이어졌다.

인라인스케이트를 탈 수 있는 학생이 많아지자 좀 더 욕심이 생겼다. 장애 학생도 이렇게나 잘할 수 있다는 걸 세상에 보여주고 싶은 마음이 들었다. 때마침 인라인스케이트협회에서 주관하는 인라인스케이트대회를 개최한다는 사실을 들었고, 나는 협회 측에 연락하여 협조를 구했다. 특수학교 학생들이 단체 참가를 하고 싶다, 하지만 경쟁력이 높지 않으니 장애 부문을 신설해 주길 원한다 우리의 사정을 얘기하자 협회 측은 흔쾌히 협조해 주었다. 덕분에 학부모님의 열띤 응원과 함께 대회장에서 아이들은 맘껏 끼를 발산했다.

기회는 기회로 이어졌다. 인라인스케이트 마라톤 대회가 있다는 걸 우연히 알게 됐다. 지난 인라인스케이트대회에 출전했던 학생 중 지구력이 좋은 학생들을 따로 모아서 마라톤 대회에도 출전했다. 처음엔 할 수 있을지 의심이 들었지만 역시 길고 짧은 건 대봐야 알 수 있었다. 전북 군산에 있는 새만금에서의 마라톤 일주는 지금 생각해 봐도 완벽했다. 살랑거리는 바람과 반짝반짝 빛나는 강을 옆에 두고 주행하는 그 순간이 아직도 선명하다.

단순 여가와 취미로 시작한 것이 특기와 꿈으로 발전했던 사례도 있었다. 강이는 지체 장애 중 경직성 뇌성마비 장애로 인해 전반적인 지원이 필요했다. 강이는 자기 주도적으로 생각하며 말도 할 수 있었지만 팔과 다리를 제 마음대로 움직일 수 없는 학생이었다. 강이는 늘 자유를 원했다. 비록 신체가 자유롭지 않았지만, 누구보다 성격이 활달하고 밝은 학생이었다. 하지만 마음대로 움직이지 못하는 신체에 답답함을 느끼고 뛰어

다니는 학생을 부러워하곤 했다.

나 역시 고민이 깊었다. 체육 수업 시 늘 배제되기 쉬운 휠체어 타는 학생을 어떻게 참여시켜야 할지, 어떤 활동을 해야 이 학생이 의미 있는 활동을 할 수 있을지가 늘 어려웠다. 그러던 와중 우연히 '보치아'라는 장애인 스포츠를 알게 되었다. 컬링 스포츠와 유사한 형태인 보치아는, 공을 굴리거나 던져 표적구에 가장 가깝게 보내 점수 경쟁을 하는 스포츠다. 패럴림픽에서도 대한민국이 보치아에서 우수한 성적을 많이 보여 우리나라가 보치아 강국이라는 말도 있을 정도였고, 무엇보다 보치아는 팔과 손에 기능적 어려움이 있는 경우라도 보조자의 도움과 홈통이라는 기구를 활용하여 경기에 참여할 수 있는 스포츠였다. 강이도 충분히 해볼 수 있었다.

시작은 미약했으나 끝은 창대했다. 매년 개최되는 전국 장애 학생체육대회 보치아 종목에는 17개 시도 중 우리 시만 선수가 없었다. 우리 시의 최초 선수단을 만들겠다며 당차게 시작했다. 하지만 정말 원하는 결과를 만들어내기까지 수많은 시행착오와 실패를 거듭해야 했다. 보치아로 유명한 특수학교를 견학하겠다며 혼자 서울까지 다녀와 보고, 경기기구(홈통)가 없어 장애인체육회에 사정하여 대여해서 차에 나르다 우당탕 스크래치도 겪어보고, 어떻게 하면 잘 가르칠 수 있을까 탐구하고 자격증도 따보며 노력했다. 첫해는 무참히 예선 탈락하여 좌절했었다. 그러나 꾸준히 훈련하여 두 번째 해에 전국대회 은메달이라는 값진 성과를 이루었고, 그것이 이어져 성인이 된 강이는 현재 대학교병원 소속팀에 계약하고 훈련하며 대회를 준비하며 지내고 있다.

민석이는 왜소증인 학생이었다. 인지능력은 이상이 없었으나 남들보다 신장이 작은 신체적 조건을 가진 탓에 힘든 어린 시절을 보냈다. 키가 작다는 이유 하나만으로 끊임없는 조롱과 비웃음, 놀림과 멸시는 견디기 힘든 일이었다. 결국 특수 학교로 전학을 오게 된 민석이는 평화로움을 되찾았지만, 성인이 되어 무엇을 해야 할지 진로에 대한 고민이 깊어졌다. 그러던 와중 운명처럼 A 체육 선생님을 만나 민석이의 운명은 바뀌었다. A 선생님은 민석이의 약점을 강점으로 승화할 수 있는 역도의 세계로 이끌어 준 것이다.

처음에는 학부모도 학생 스스로도 이 일의 가능성에 대해 반신반의했다. 하지만 훈련이 시작되면서 놀라운 일이 벌어졌다. 그의 작은 체구에서 뿜어져 나오는 민석이의 힘은 짧은 신장의 한계를 단숨에 뛰어 넘었다. 훈련을 거듭할수록 점점 더 무거운 무게를 들어 올리는 자신을 보며, 민석이도 점차 흥미와 자신감을 느끼기 시작했다. 이듬해 열린 첫 전국대회에서 은메달을 거머쥐며, 장애인 역도계에 민석이가 혜성처럼 등장했다는 뉴스 기사가 쏟아졌다. 이후 민석이의 인생은 수직상승 곡선을 그리며 승승장구했다. 민성이는 국내 대회에서 차곡차곡 우승 경력을 쌓았고, 바레인에서 열린 국제대회에도 수상했다. 민석이가 고등학교를 졸업할 즈음, 전국에 있는 장애인 역도 실업팀들이 민석이를 스카우트하기 위해 러브콜을 보냈다. 민석이는 행복한 고민 끝에 현재 희망한 지역 실업팀에 소속되어 선수 생활을 이어가는 중이고, 자취 생활을 하며 심리적 · 경제적 독립을 이루었다.

주형이도, 강이도, 민석이도 각자 자신만의 의미를 추구하며 살아가고 있다. 나는 그들의 모습에서 느껴지는 열정과 몰입이 정말 인상 깊었다. 좋아하는 일을 즐기며 그 안에서 진심으로 힘을 쏟는 모습을 보면, 나도 모르게 닮고 싶은 마음과 함께 깊은 부러움마저 느껴진다. 아이들이 무언가에 푹 빠져 있을 처음에는 학부모도 학생 스스로도 이 일의 가능성에 정말 빛나 보인다. 그것은 단순히 시간을 보내는 것이 아니라, 자신의 삶을 진지하게 살아가는 모습이기 때문일지도 모르겠다.

나는 이 아이들을 보며 더욱 확신했다. 장애가 결코 행복과 꿈을 제한하는 단어가 되어서는 안 되겠다고 말이다. 좋아하는 것 하나쯤은 찾아 즐기고 누리며 만족하는 게 삶의 본질 중 하나가 아닐까. 장애가 제약이 아닌 가능성으로 여겨지는 날이 왔으면 좋겠다. 꿈을 꾸고 열정을 쏟고 그 삶을 살아가는 것, 그것이 모두에게 주어진 권리라는 것을 잊지 않길 간절히 바란다.

고소당한 특수교사

오늘의 단어 | 신뢰 ✓

유명 웹툰 작가 주 씨는 자신의 발달장애인 아들을 담당하는 경기도 소재 초등학교의 특수교사 A 씨를 아동학대 혐의로 고소했다. 이 사건은 2022년 9월에 시작되었으나, 2023년 7월 서이초 사건과 맞물려 언론에 보도되며 세상에 알려졌다. 주 씨는 지푸라기라도 잡는 심정으로 고소장을 접수했다고 주장했으나, 특수교사 A 씨는 유죄 여부와 상관없이 직위해제 되었고, 경기도 교육감은 이를 옳지 않다고 주장하며 복직시켰다. 이 사건은 여섯 차례의 공판을 거치며 진흙탕 싸움으로 번졌고, 특수교사 A 씨의 발언이 '훈육'인지 '정서적 학대'인지에 대한 공방을 일으켰다. 결국에 사건은 사회적, 교육적, 법적인 문제로 확장되며 누구 하나 기뻐할 수 없는 결과를 맞았다. A 씨는 1심에서 유죄 판결을 받고 벌금 200만 원의 선고유예 판결을 받았으며, 항고할 입장을 밝혔다.

이 사건이 논란이 된 이유는 바로 '교실 속 녹음기'였다. 주 씨 부부는 자녀의 가방에 몰래 녹음기를 넣어 특수교사 A 씨의 음성을 녹음했고, 그 음성 파일이 재판에서 핵심 증거로 인정됐다. 주 씨는 자녀의 돌발행동으로 인한 불안 증상과 등교 거부 상황을 확인하기 위해 녹음을 했다고 설명했다. 녹음 파일로 인해 A 씨는 학대 혐의로 기소되었고, 주 씨 부부는 또 다른 녹음 시도를 하다 발각되었다. 재판부에서는 녹음 행위는 통신비밀보호법에 위반되지만, 대화의 녹음 행위에 위법성 조각 사유가 존재하는 경우 증거 능력을 인정할 수 있다는 판단을 내렸다. 즉, CCTV가 설치되지 않은 교실인 점과 소통이 어려운 장애 학생의 상황을 보아 학대 정황을 확인하기 어려운 점 등을 고려할 때 주 씨 부부의 녹음 행위는 정당행위로 인정한다는 것이다.

주 씨는 녹음에 대해 사과했지만, 여론은 싸늘했다. "학부모의 갑질이다.", "공교육이 무너졌다." 등의 비난이 쏟아졌고, 사건은 점점 더 악화됐다. 주 씨는 "장애인 부모와 특수교사의 대립구조가 되지 않길 바란다"라고 했지만, 상황은 파국으로 치달았다. A 씨와 주 씨의 진심은 계속해서 엇갈렸고, 결국 사건은 안타까운 결말을 맞았다.

판결 이후, 새 학년이 시작되면서 장애 학생의 주머니에 녹음기를 넣어 등교시키는 사례가 우후죽순 발생하고 기사화됐다. 이로 인해 불안감을 느낀 일부 특수교사들은 자신을 보호하기 위해 녹음방지기를 구매하기에 이르는 악순환이 발생했다. 남 일이 아니었다. '어떻게 해야 하지? 나도 그래야 하나?' 흉흉한 분위기 속에서 녹음방지기 외에 단단히 보호해 줄 수 있는 수단이 과연 있을까 하는 의문이 가슴 깊이 새겨졌다.

한편으론 이렇게까지 해야 하는지, 그리고 이런 마음이 생기는 상황이 애석하기만 했다. 주변을 둘러보니 쉬쉬하는 분위기와 일각에선 교권 보호를 외치는 움직임이 가득했다. 나는 그 사이에서 무엇에 집중해야 할지 방향을 잃은 기분이었다. 정말 그런 게 있냐며 호기심에 녹음방지기를 검색해 봤지만, 차마 구매까지는 이어지지 않았다. 적어도 주변 동료 교사들이 구매한 걸 본 적이 없었고, 구매해야 하는 분위기를 조성하는 듯한 흉흉한 현실을 부정하고 싶었는지도 모르겠다.

나는 어느 한쪽 편에 강력히 설 수 없었다. 장애인 자녀와 소통이 안 되어 발생하는 부모의 걱정과 답답함이 사실 나에겐 낯설지 않았기 때문이다. 어릴 때부터 늘 지켜봤던 문제였다. 엄마는 누군가에게 형을 맡길 때면 항상 불안해했다. 그들을 못 믿는 눈치였다. 국가에서 운영하는 제도인 장애인활동지원사도, 사단법인에서 운영하는 시설도, 그 어떤 것들도 엄마의 마음속 불안을 충분히 덜어주지는 못했다. 형을 돌보는 손길이 아무리 전문적이고 친절할지라도 엄마는 늘 의심에 휩싸여 있었다. 형의 작은 행동 하나, 표정 하나까지 누구보다 잘 아는 사람이기에 더욱 날 선 반응을 보인 것 같았다. 형의 세세한 변화를 무언가 잘못되고 있다는 신호로 해석하곤 했다. 내가 보기에 엄마는 형의 마음을 읽는 것이 자신의 책임이라 여긴 것 같았다.

나는 걱정과 불안을 느끼는 엄마가 답답했다. 형제인 내가 느끼는 감정과 엄마가 부모로서 느끼는 감정은 다른 것 같았다. 나 또한 형을 가족이 아닌 누군가에게 맡긴다는 일은 쉽지 않은 일이 분명했지만, 심증만 가지고 의심하는 것 엄마가 막무가내로 느껴졌고, 오히려 엄마를 타박하기에 이르렀다. 제발 좀 믿으라며, 그렇게 의심할 거면 애초에 왜 맡겼냐며 잔소리를 했지만 결국 뚜렷한 해결의 실마리를 찾지 못했다. 이 문제는 단순 신뢰 부족이 원인이 아니라, 자식을 향한 끝없는 책임감과 사랑에서 비롯된 것이라고 나는 결론을 내렸다. 나에게는 그것이 최선이었다.

집을 벗어나면 이 문제를 보지 않을 것 같았는데, 그 생각은 큰 오산이었다. 나는 우리 부모님이 유난스러운 거라고 생각했다. 하지만 교육 현장에서 우리 엄마와 비슷한 장애 자녀 부모님이 많다는 걸 알게 됐다. 자녀가 소통하기가 어려울수록, 자녀의 일거수일투족에 대한 학부모의 걱정은 커질 수밖에 없는 현실을 알게 됐다.

그들의 염려는 내가 생각했던 것보다 보편적이며 깊은 문제였고, 나는 그제야 우리 부모님의 행동을 좀 더 이해하게 됐다. 부모님들이 불안해하지 않도록 수업 활동 사진을 보내주거나 특이 사항이 생기면 바로바로 연락하며 학교에 믿고 맡겨도 된다는 인식을 심어 줄 수 있도록 틈틈이 노력했다.

유감스러운 일이 기어이 일어나자, 또 한 번 교권이 으스러지는 기분이었다. 솔직히 말하자면 이번 사건이 그렇게 놀랍진 않았다. 그냥 터질 게 터진 느낌이었다. 교실 속 녹음기 역시 처음 맞닥뜨린 게 아니었기 때문이다. 내가 근무했던 학교에서도 특수교사의 발언을 녹음하기 위해 학생 주머니에 녹음기를 몰래 넣어 둔 사건이 있었다. 당시 장애 학생 학부모 커뮤니티에 자녀를 보호하는 방법의 하나로 녹음기가 성행한다는 뜬소문이 돌았다. 학부모의 학대 의심 신고로 인해 학교 복도 CCTV 녹화본이 경찰에 제출되고 조사가 진행되면서 학교 전체가 긴장과 두려움에 떤 적도 있었다. 떳떳하면 걱정할 게 없지 않냐는 말도 가능하겠지만, 막상 그 상황에 직접 처해 보니 그렇지 않았다. 당시 교실에 들어오지 않겠다는 학생을 잡아 당겼다는 이유로 폭행과 인권 침해를 문제 삼는 상황이 벌어졌기 때문이다. 살벌한 분위기였다. 마음만 먹으면 특정 장면만을 꼬집어 문제 삼을 수 있었기 때문이다. 우리는 지난 기억을 끊임없이 떠올리며 초조함에 휩싸였다. 내가 한 행동이 혹시 오해를 사지는 않았을까? 별 뜻 없이 한 행동이 학대로 비치진 않았을까? 학생을 변화시키기 위해 교육적으로 임했다는 자부심을 되새기며 떳떳하다고 스스로 다독였지만, 반대편에서 느껴지는 불편한 기류는 떳떳했던 마음을 쥐고 흔들며 불안하게 만들었다.

교실에는 차가운 공기가 맴도는 것 같았다. 거듭되는 부정적인 경험과 불안, 우울감은 뜨거웠던 교육적 열정과 관심을 차갑게 만들었다. 아무리 노력해 봤자 밑 빠진 독에 물 붓기라는 분위기는 짙어졌고, 교육에 진심으로 임하는 교사가 유별난 사람으로 느껴지기도 했다. 학생의 할퀸 자국으로 문드러진 손등을 보고 '선배 교사의 훈장'이라며 존경심을 느꼈던 말은 어느새 옛말이 되며 세대가 교체되는 것처럼 느껴졌다. 특수교사로서 가졌던 자부심과 자존감이 추락하고 교사로서의 존재감조차 희미해지고 있었다. 학생 앞에서 어떠한 꼬투리도, 어떠한 빌미도 주지 않겠다는 방어기제만 강해진 채, 내 안의 어떤 문이 서서히 닫히고 있었다.

숨통이 조여오는 것 같았다. 누구도 원치 않는 분위기로 교육 현장이 흘러가고 있었다. 누군가의 감시와 위축이 공존하는 듯한 현장은 답답함이 느껴졌다. 그 답답함이 옅어질 때쯤에도 문제는 계속 일어났다. 지금도 어디선가 일어나는 사건, 사고 사이에서 교육계는 무너지는 교권을 주장하며 제도적 개선을 위해 노력 중이지만, 나는 개선의 변화를 몸소 체감하지 못했다. 여전히 속수무책으로 당하는 교사 입장인 나는 긴장을 유지하고 있다.잡아내려고 하는 자와 잡히지 않으려는 자가 있는 이곳을 과연 교실이라고 부를 수 있을까. 나는 학부모도 이러한 상황을 원치 않았을 거라고 믿고 싶다.

이런 상황에서도 학교 종은 계속 울린다. 마치 무슨 일이 있었냐는 듯, 음정과 박자 그대로 정확한 시간에 맞춰 무심하고도 일정하게 울린다. 그리고 학생은 즐거운 학교생활을 위해 등교한다. 장애 정도가 심한 학생은 밖에서 무슨 일이 일어났는지조차 모른다. 그들은 늘 한결같고 주어진 상황에 최선을 다한다. 그저 다음 수업에 무엇을 할지 궁금해하고, 오늘 급식은 무엇이 나올까 기대하고, 학교 공간을 맘껏 뛰놀며 주어진 이 시간에 진심으로 몰입하고 즐기며 학교생활을 하고 있다. 우리는 그런 학생들의 모습에 젖어 들어 자연스레 따라가곤 한다. 오늘은 무슨 수업을 할지, 어떤 활동을 해야 이 아이들에게 조금이라도 더 의미가 있을지 고민하고 애써본다.

나는, 그리고 전국에 많은 특수교사는 각자의 자리에서 끝없이 질문을 던지고 있다. 반복되는 학교 일상에서 어떻게 하면 학생들이 자신만의 속도로 성장할 수 있을까. 어떻게 하면 교실이라는 작은 공간이 그들에게 안전하고 즐거운 공간이 될 수 있을까. 어떻게 하면 장차 학교를 졸업해서 이들의 삶에 긍정적인 영향을 위해 노력할 수 있을까. 이 질문들은 내게 단순한 고민이 아니었다. 학생 한 명의 삶에 진정으로 다가서고자 하는 마음에서 비롯된 절실한 물음이었다. 나는 해답을 찾지 못할 때도 있고, 예상하지 못한 난관에 부딪히기도 했다. 그럴 때마다 닥치는 현실의 무게는 때때로 나를 지치게 하고 노력의 방향이 맞는지 스스로 되묻게 했다. 하지만 학생들의 작은 성취와 해맑은 웃음을 볼 때마다 다시 원동력을 얻어서 다시 노력할 수 있었다.

나는 이 소중한 원동력이 사라지지 않기를 원한다. 이것이 내가 교사로서 존재하는 이유이기 때문이다. 학생이 보여주는 변화와 가능성은 내 일상에 의미를 더하고 내가 하는 일이 헛되지 않음을 일깨워 준다. 아이들이 한 걸음씩 나아가도록 돕는 일의 가치를 알기에, 그 원동력을 잃지 않기 위해 더욱 노력하고 싶다. 그렇지만 한 번씩 이런 사건이 발생할 때마다 내 안의 시계가 멈춰져 버리는 것 같다. 아이들에게 하는 질문이 아무 의미 없는 독백처럼 느껴지고, 아이들을 위해 준비한 시간과 노력이 허공으로 증발하는 것 같다.

결핍되어 적절한 경계가 사라지고 불신만 가득한 공간에서는 자유로운 소통이 어려워진다. 그리고 결국 교육의 본질이 훼손된다. 교실이 신뢰를 쌓는 공간이 될 수 있도록 모두가 함께 노력했으면 좋겠다. 학생의 인권을 존중하는 만큼 교사의 교권도 소중히 여겨져야 하며, 양측 간 균형이 필요하다. 학부모는 학교와 교사에 대한 신뢰와 존중을 바탕으로, 교사는 학생과 학부모에 대한 책임감과 공감을 바탕으로 소통할 때 유대 관계가 자연스레 형성될 거라 믿는다. 차갑고 경직된 교실이 아니라 따뜻한 웃음이 가득한 교실로 변화하기를 희망한다.

변화의 조각들

오늘의 단어 | 평화

형이 언제부턴가 집에만 있었다. 학교를 졸업한 것이다. 형은 이 상황을 도무지 이해하기 어려워했다. 형의 목 뒤에는 식은땀이 흘렀다. 그리고 갈 길 잃은 눈동자로 엄마를 향해 사정했다. 아주 간절하면서 짜증이 섞인 목소리로 "학교, 학교 가" 하는 말만 반복했다. 불만인지 부탁인지 헷갈릴 정도로 말이다. 십 년 넘게 유지해 왔던 자신만의 루틴이 깨져서인지, 아니면 정말로 학교란 곳이 너무 좋아서 가고 싶은 것인지는 형만이 알 것이다. 우리는 알 수 없는 미안함을 형에게 감출 수 없었다.

형에게 해줄 수 있는 말은 매우 제한적이었다. 졸업을 했기 때문에 이제 학교에 가지 않는다는 말은 형이 이해하기엔 너무 어려운 말이었다. 이 상황을 어떻게 설명해 줘야 할까. 당시 부모님과 나의 머리로는 뚜렷한 해답을 도출하지 못했다. 그저 "이제 학교에 가지 않아"라는 식의 말이 최선이었다. 복잡한 말이 아니면서도 형에게 명확하게 메시지를 전달할 수 있는 말이 마땅히 없었다. 나는 그 말을 뱉으면서도 슬픔을 삼켰다. 그 감정이 형에게도 전해졌는지 형은 더욱 발악하듯 집을 나가려고 했다. 하지만 굳게 잠겨진 대문도 형의 출입을 냉정하게 제한하고 있었다. 그저 우리는 시간이 형을 이해시켜 주기를 바라고 있었다.

얼마나 시간이 지난 것일까. 그렇게 형은 포기한 건지 체념한 건지 언제부턴가 학교를 입에 담지 않았다. 바깥 외출에도 형은 더 이상 학교에 미련이 없어 보였다. 하지만 나는 시간을 이용해 형의 마음을 억지로 바꿔놓은 것 같아 마음이 더욱 무거웠다. 성인이 된 형은 앞으로 어떤 삶을 살게 되는 것일까. 감히 상상해 본 적이 없었다. 나는 그 참으로 안일했다는 것을 뒤늦게 깨닫고 말았다. 동시에 그동안 내가 옳다고 생각했던 나의 행동을 되돌아보았다.

어떻게든 한 번이라도 바깥 외출을 시키려 했던 부모님의 행동이 나는 탐탁지 못했었다. 형과 외출하는 건 결코 쉬운 일이 아니었기 때문이다. 언제 어디서 돌발행동을 할 수 있는 형과 동행하는 것은 그 자체로도 에너지가 많이 소모되는 일이기에 효율적이지 않았다. 그래서 적어도 집 앞에 구멍가게를 들리거나 쓰레기 분리수거와 같은 잠시 잠깐 다녀오는 일 정도는 형 없이 다녀오는 게 현명하다고 생각했다. 껌딱지처럼 어딜 가든 형을 데리러 가려는 부모님의 마음이 내 눈에 괜히 거슬렸다. 그런데 사실은 내가 형을 귀찮아하는 못된 동생이 된 것 같은 마음에 핑계를 댄 것이었다.

시간이 많이 흐른 뒤에야 부모님의 다른 뜻이 숨겨져 있었음을 짐작할 수 있었다. 형이 세상으로부터 고립되지 않기를, 잠시라도 바깥 공기를 마시며 조금이라도 더 많은 경험을 하기를 바라는 마음이지 않았을까. 어쩌면 조금 더 형의 삶을 고민하고 생각했더라면 일찍 깨달았을 수도 있었겠다. 학교는 영원한 울타리가 아니고, 형의 장애를 생각하면 대학교나 취업은 사치라고 생각할 정도였기에. 형이 평생 누군가의 돌봄이 필요할 존재임을 어느 정도 짐작할 수 있었지만, 지금까지 회피하고 있었던 것이었다.

그다음 미래를 내다보자니 걱정이 앞섰다. 그래서 언제까지? 언제까지 부모님이 형을 돌볼 수 있는 건데? 하지만 내가 또 잘못된 포인트를 짚은 건지, 정작 부모님은 나만큼이나 무엇을 걱정하지는 않아 보였다. 그저 현재를 살아갈 뿐이었다. 자신이 할 수 있는 최선을 다해 형을 돌볼 뿐이었다. 현재에 충실한 건지, 뾰족한 방법이 없어 그런 것인지 나는 대책 없어 보이는 부모님의 처사에 가슴이 답답해졌다. 차라리 내가 또 놓치고 있는 거라고 믿고 싶었다.

무슨 이유에선지 "애가 좀만 더 크면 괜찮아"라는 말이 떠올랐다. 육아의 어려움을 겪는 사람들에게 해주는 일반적인 위로가 우리 가족에게 해당하지 않는 한정된 위로라는 생각이 들고 말았다. 형은 해마다 나이를 먹지만 부모님의 돌봄은 여전히 필요하니, 좀만 크면 괜찮다는 말이 부모님에게는 멀게 느껴지지 않을까. 되려 이 말이 부모님 귀로 들어갔다간 미래에 대한 막막함과 불안감이 증폭될 것 같다고 생각했다.

이런 고민과 사정을 조금이라도 덜어주는 일이 내가 하는 일과 관련이 있다고 생각했다. 특수교사라는 직업이 단순히 교실 안에서 학생을 가르치는 역할을 넘어, 그 가족들의 삶에 직접적인 영향을 미칠 수 있다는 점을 종종 느꼈기 때문이다. 학교에서 보내는 그 몇 시간이 보호자 입장에서는 잠시라도 한숨 돌릴 수 있는 시간이다. 특수학교는 마음의 여유를 찾게 해주는 역할도 있음을 새삼 실감했다.

기억에 스치는 사례가 하나 있다. 학교에서 통일 교육과 학생회 행사 차원으로 리더십 캠프를 간 적이 있었다. 캠프 장소는 파주에 있는 통일전망대였고, 거리가 멀어 1박 2일로 진행해야 하는 행사였다. 특수학교에서 1박 2일 캠프를 간다는 것은 그 당시로써는 흔치 않은 시도였고, 여러 가지 면에서 쉽지 않은 일이었다. 장거리 이동부터 숙소에서의 안전한 생활까지, 장애 학생들과 함께하는 캠프는 세심한 계획과 준비가 필요했다. 그중에 참가 예정이었던 학생 한 명을 누가 케어할 것이냐에 대한 문제가 있었다. 해당 학생은 특성상 낯선 환경에서 긴장하거나 돌발적인 행동을 보일 가능성이 있어, 이를 안정적으로 관리할 수 있는 교사가 필요했다.

나는 그 학생을 맡아 인솔 교사로 참여하게 되었다. 이전에 담임을 맡았던 나는 그 학생의 성향과 필요를 잘 이해하고 있었고, 학생도 나를 신뢰하며 잘 따랐기 때문에 자연스럽게 합류하게 된 것이다. 하지만 계획대로 쉽게 흘러가지는 않았다. 다 함께 공예 활동 프로그램을 진행하는 중에 갑자기 짜증이 났는지 손을 꼬집거나 물려고 하는 행동이 나타나 진정시켜 위기를 넘어갔고, 취침 시간에 TV를 보겠다는 요구에 불침번 서듯이 밤을 함께 지새웠다. 다음 날, 피곤이 채 가시지 않은 몸을 억지로 일으켰다. 밤새 신경을 곤두세운 탓인지 온몸이 뻐근했고, 눈꺼풀은 천근만근이었다. 학생과 함께 아침 식사 자리로 데려가면서도 머릿속은 멍했다. 겨우 하루였는데도 이 정도구나. 나는 그래도 직업이니까 일의 연

장선에서 버틸 수 있었지만, 학부모님은 이 일상을 매일 반복하고 계실 테지. 그 인내와 헌신이 새삼 대단하게 느껴졌다. 이렇듯 여러 좌충우돌이 있었지만, 학생이 새로운 환경에서 안전하게 활동하여 캠프를 잘 마칠 수 있도록 돕는 역할을 맡게 된 것은 나에게도 큰 의미가 있었다.

사실 그 경험이 나의 기억에 자리 잡았던 가장 큰 이유는 다름 아닌 학부모님이었다. 내가 맡았던 학생의 학부모님은 내게 고마움을 표현해 주셨다. 우리가 캠프에서 복귀한 날, 나에게 수고 많았다며 덕분에 오랜만의 개인 시간을 갖고 편안하게 휴식을 취할 수 있었다고 선물을 주신 것이다. 선물은 바로 법적 금액 범위 내에 허용되는 소주 두 병이었다. 순간적으로 멈칫했다. 소주라니? 그 소주병 선물에는 학부모님의 평소 유머 감각이 고스란히 담겨 있었다. "선생님도 고생하셨으니 이거 드시면서 푹 쉬세요. 제가 직접 따라드릴 순 없지만, 마음만은 한 잔 올립니다"라는 식의 농담을 섞어 건네주신 그 선물에는 그분 특유의 겸손과 격려의 표현이 들어있었다. 평소에도 가벼운 농담과 따뜻한 미소로 주변 사람들을 기분 좋게 만들던 분이어서, 그날의 선물 역시 마음을 담은 작은 유머처럼 나를 웃음 짓게 했다. 그러면서도 잔잔한 감사함을 느꼈다. 마땅히 해야 할 일을 한 것에 대해 이렇게까지 고마움을 표현해 주셔서 감사했다. 그 마음이 나에게 오래도록 따뜻하게 남았다.

비단 나에게만 있는 경험이 아니라고 생각한다. 내가 겪은 교육청과 특수학교, 그리고 내 주위 많은 특수교사는 앞 사례처럼 학부모의 어려운 돌봄 사정을 진심으로 이해하고, 그들의 입장을 최대한 반영하여 학교 교육과정과 행사를 운영하려고 노력한다. 예를 들어 학생의 치료 지원 프로그램을 지원하기 위해 바우처 프로그램을 운영하거나, 방학 동안 집에만 있을 가능성이 큰 학생들을 위해 추가 수업이나 활동 프로그램을 진행해 학부모의 부담을 덜어보려고 애쓴다. 학교의 굵직한 일정인 학사일정도 학부모의 입장을 최대한 고려하고 계획하는 등 여러 노력으로 새 학기를 준비하곤 한다. 진심으로 학생의 가정 상황까지 헤아리는 노력을 보고 있으면, 교사들은 모두 단순한 직업인을 넘어 마치 가족 같은 존재라는 생각이 든다. 학생들의 일상뿐만 아니라 그들의 가정과 학부모님들까지 함께 아우르려는 모습에서 학교 역시 따뜻한 교육공동체임을 느낄 수 있었다.

하지만 이런 노력에도 불구하고 현실적인 어려움이 존재한다. 바로 일손의 부족이다. 예를 들어, 현장체험학습이나 수학여행을 계획할 때 필요한 지원 인력은 항상 충분하지 않다. 학생들의 안전과 원활한 활동 진행을 위해 추가적인 손길이 필요한데, 이를 충원하려면 대학교 커뮤니티나 주변 네트워크를 통해 지원 인력을 일일이 수소문해야 하는 경우가 많다. 이런 상황에서 느끼는 건, 한 사람 한 사람이 얼마나 귀한지에 대한 절실함이었다. 더 나은 교육 활동을 위해 노력할 때마다 이런 애로사항이 발생하면, 기획자는 의욕이 팍 꺾이기 마련이다. 이러한 경험이 반복되다 보면 스스로 한계를 정해버리고, 점차 진부한 활동들만 이어가는 상황이 되기 쉽다.

내가 가르쳤던 학생은 졸업 후 성인이 되고 어떻게 지내고 있을까. 이 일을 시작한 지도 어느덧 10년 가까이 바라보다 보니 제법 많은 학생을 졸업시켜 왔다. 그

때마다 알 수 없는 찝찝함이 내게 남아 있었다. 특히 장애 정도가 심한 중증 장애 학생이 눈에 밟혔다. 뭔가 더 지켜주지 못한 마음이 가슴 한켠에 고여 있었다. 어쩌면 쓸데없는 오지랖이라며 타협할 수도 있었지만, 너무나 깊이 고여 있던 그 마음은 쉽게 지워지지 않는다. 어쩌면 나는 이 학생들이 나의 형과 겹쳐 보이면서 그렇게 더 마음이 쓰였는지도 모르겠다. 장애가 있는 형이 살아온 길을 곁에서 지켜보며 느꼈던 감정이 내가 가르쳤던 학생에게도 투영되는 것 같았다. 형을 통해 배운 현실과 한계는 어쩌면 이 학생들의 미래에서도 크게 다르지 않을 것이라는 생각에 마음이 더욱 무거워지는 것이다.

내가 할 수 있는 일이 좀 더 풍부해졌으면 좋겠다고 생각했다. 적어도 학생들이 학교 다니는 동안만큼은 더 행복하고 의미 있는 학교생활을 누릴 수 있기를 바라고 바라본다. 하지만 이런 답답함이 밀려올 때마다 무기력함이 나를 짓누르곤 한다. 아무리 노력해도 한계가 명확한 현실 앞에서, 내 의지만으로 모든 문제를 해결할 수 없다는 사실이 씁쓸하게 다가온다. 내가 품고 있는 이상과 현실의 간극은 종종 나를 망설이게 했고, 지금 하는 일들이 근본적인 변화를 만들어내지 못할지도 모른다는 걱정도 만들었다.

그러기에 나는 우리의 공동체가 좀 더 거대해졌으면 하는 마음이 간절해진다. 장애 학생이 학교를 졸업하고 직면하게 될 미래는 여전히 너무나 막막하다. 가족이 떠안아야 할 무게에 비해 사회적 지원은 턱없이 부족하다. 내 손이 닿을 수 있는 범위는 너무나 작고, 내가 바라는 변화는 너무나 크다. 이런 부분을 함께 나누고 고민할 사람들이 많아진다면 더 많은 변화를 만들어낼 수 있지 않을까. 아이들이 학교를 떠난 뒤에도 스스로 설 힘을 키워주고, 그들의 삶이 더 나은 방향으로 흘러가도록 작은 발판이라도 마련해주고 싶다.

에필로그

그로부터 몇 년 후

형이 거주하고 있는 장애인 복지시설에 방문했습니다. 사실 그곳에 가기 직전까지도 제 마음은 무겁기만 했습니다. 바쁘다는 핑계로 형을 정말로 오랜만에 만나는 것이었기 때문입니다. 그래서인지 저는 스스로 당당하지 못했습니다. 적당한 핑계와 변명으로 보낸 시간이 창피해서, 당장이라도 발걸음을 돌리고 싶었습니다. 어쩌면 형을 마주하는 것이 아니라, 미안함과 마주해야 하는 것이라고 생각해 더 두려웠는지도 모릅니다.

양손에 쥐고 있던 피자 박스가 순간 초라해짐을 느꼈습니다. 마치 돈 몇 푼으로 지나간 시간을 채우려는 것처럼 보여서, 이 선물이 형과 시설에 거주하는 사람들을 위함이 아닌 저를 위한 어설프고 가벼운 위로처럼 느껴져서. 형에게 모질게 굴었던 시간을 지우려는 서툰 변명과 씻기지 않는 죄책감을 덮으려는 얄팍한 가림막처럼 느껴졌습니다. 의자에 앉아서 형을 기다리는 시간은 유독 길게 흘렀습니다. 가슴이 조여오는 듯했고 손과 발이 가만히 있지 못했습니다. 형이 나타나면 무슨 말을 건네야 할까. 형은 나를 보고 어떤 반응을 보일까. 혹시 나를 거부하는 건 아닐까. 그런 생각까지 드니 입술이 바짝 마르는 것 같았습니다.

문이 열리고 형을 마주하는 순간에는 시간이 잠시 멈추고 숨이 멎는 듯했습니다. 형은 마치 저와 함께한 시간보다 이곳에서 지낸 시간이 더 익숙한 사람처럼 보였습니다. 못 본 사이 달라진 형의 모습이 눈을 사로잡았습니다. 낯선 옷차림, 한층 단정해진 머리 스타일, 적당히 자리 잡은 볼살을 보니 더 어른스러워 보였습니다. 편안한 모습의 형을 보니 마음에 걸렸던 짐이 눈 녹듯 사라졌습니다. 오랜만에 만난 우리는 어린 시절로 돌아가 대화했습니다.

"형아 잘 지냈어?"

형의 부정하지 않은 대답에 참았던 눈물을 쏟아내고 말았습니다. 형은 그 자리에 앉아 저를 쳐다보며 제 감정이 차분해지길 조용히 기다려주었습니다. 마치 어렸을 때 제가 힘들어할 때마다 말없이 곁을 지켜주던 그때처럼. 그리고 곧 낯익은 침묵이 저를 감싸며 제 마음도 조금씩 가라앉았습니다. 그렇게 저는 형에게 고마운 위로를 전해 받고 가벼운 발걸음으로 나올 수 있었습니다.

이런 저의 모습을 보면 아직도 참 부족하다는 생각이 듭니다. 형의 세상에서 저는 여전히 많은 것을 배우고 있습니다. 그동안 놓치고 지나쳤던 부분도 너무나 많다는 것을 깨닫게 됩니다. 장애가 있는 형과 거리를 두던 나, 그리고 그런 형을 제대로 이해하려 하지 않았던 내 지난 모습은 평생에 잊지 못할 부끄러움으로 자리 잡을 것 같습니다. 형이 살아가는 방식과 그 속에서 느끼는 감정을 스스로 잘 알고 있지 못했다는 것이, 지금 와서 보니 너무나 큰 결핍이었음을 느낍니다. 나의 부족함을 알아가는 것이 사실 형을 더 깊이 이해하는 길임을 알게 된 오늘, 이 고백은 결코 끝나지 않을 것만 같습니다.

글을 쓰는 게 사실 힘들었습니다. 무덤까지 덮어두고 싶었던 내 과거를 이토록 깊이 파헤치는 일은 고문이나 마찬가지였습니다. 동시에 사람들이 얼마나 공감을 해줄지도 의문이 들었습니다. 어릴 적, 장애를 비난하고 분노했던 제가 자칫 세상에서 가장 힘든 사람인 듯 유난 떠는 것처럼 보일까 걱정되기도 했습니다. 어딘가에 존재할 우리와 같은 사정의 형제는 사이 좋고 행복하게 지낼 수도 있을 텐데 말입니다. 그래서 이렇게 글을 쓸만한 자격이 있는지 의심하기도 했습니다. 저처럼 장애를 가까이 둔 사람들에게 이 이야기가 얼마나 와닿을지 고민하고 있노라면, 여전히 이 책을 세상에 내놓는 게 정말 옳은 일인지 망설여집니다.

그럼에도 이 책이 완성되기까지 응원해 주고 지지해 준 사람들에게 감사함을 전해봅니다. 먼저 사랑하는 아내에게, 가장 옆에 있는 사람으로서 내가 하는 일을 그저 믿어 주고 조언해 줘서 고맙습니다. 부족한 원고를 시간 내서 읽어주고 보완할 점을 알려 주신 양희주 교장 선생님과 동료 교사인 유제문, 한기준, 이종림 선생님에게도 너무나 감사합니다. 마지막으로 이 책이 조금이라도 더 나은 작품으로 거듭날 수 있도록 함께 고민하고 애써주신 편집자님들과 출판사에 진심으로 감사의 말을 전합니다.

삶이 하나의 책이고 사는 것이 비어 있는 페이지를 채워나가는 일이라면, 우리에게는 많은 마음이 필요하다는 것을 새삼 느꼈습니다. 이 책을 만드는 데 온 마음이 함께했듯, 함께 사는 데는 서로를 이해하려는 마음과 배려하려는 마음이 더 많이 모아져야 비로소 온전한 이야기가 만들어진다고 믿습니다. 각자의 페이지는 다르고 그 속에 담긴 이야기도 제각각이지만, 그 모든 것이 모여 하나의 큰 흐름을 이루는 과정이 우리의 삶을 채워가는 것 같습니다. 결국에 함께 산다는 건 각자의 빈 페이지를 서로 채워주는 일이 아닐까 합니다.

나의
특별한
형제

초판인쇄 2025년 05월 30일
초판발행 2025년 05월 30일

지은이 장한샘
발행인 채종준

출판총괄 박능원
책임편집 구현희 · 최정원
디자인 홍재희
마케팅 문선영
전자책 정담자리
국제업무 채보라

브랜드 타래
주소 경기도 파주시 회동길 230 (문발동)
투고문의 ksibook1@kstudy.com

발행처 한국학술정보(주)
출판신고 2003년 9월 25일 제406-2003-000012호
인쇄 북토리

ISBN 979-11-7318-356-0 03810

타래는 가족 갈등에 관한 도서를 출간하는 한국학술정보(주)의 출판 브랜드입니다.
타래란 '엉킨 타래를 푼다'는 의미로, 얽히고 설킨 실타래를 풀어
진정한 가족의 의미를 찾아 나간다는 뜻을 담고 있습니다.
'가족 갈등'이라는 매듭에 묶여 길을 잃지 않도록, 더 아름답고 가치 있는 책을 만들고자 합니다.